AF206018

Der letzte Erbe

Bjarne Martin Lindholm

Bibliografische Information der Deutschen
Nationalbibliothek:
Die Deutsche Nationalbibliothek verzeichnet diese Publikation
in der Deutschen Nationalbibliografie, detaillierte
bibliografische Daten sind im Internet unter http://dnb.dnb.de
abrufbar.

1. Auflage
© 2020   Bjarne M. Lindholm, Bastian Kappertz

Herstellung und Verlag: BoD – Books on Demand,
                            Norderstedt

ISBN: 9783750440210

Kapitel 1

Anastasja Koloschenka hasste die heiße Sonne.

An diesem Julitag im Jahre 1935 wurde ihr wieder einmal bewusst, wie sehr sie die kühlen Tage ihrer russischen Heimat vermisste.

Koloschenka war 36 Jahre alt und war in ihrer Jugendzeit am russischen Zarenhof ein- und ausgegangen, als wäre es der Dorfladen gewesen. Sie war die Tochter des persönlichen Adjutanten von Zar Nicolaus. Als solche hatte sie das Privileg, nicht nur mit der zwei Jahre jüngeren Zarentochter, die den gleichen Namen trug wie sie, aufzuwachsen und zu spielen, sie wuchs auch in wohlsituierten Verhältnissen und mit bester Erziehung auf. Als Freundin der Zarentochter wurde auch ihr eine geradezu königliche Jugend zuteil, die mit der russischen Februarrevolution ein jähes Ende fand.

Während es ihrer Freundin nicht gelang, den Bolschewisten zu entkommen, fand sie sich mit ihrer Familie und einem Koffer eilig zusammengesuchten Zarengoldes gerade noch rechtzeitig auf einem Schiff im St. Petersburger Hafen ein.

Ohne Obdach, aber mit Gold in den Taschen, hatte die Familie im Jahre 1918 mit unbekanntem Ziel die russische Heimat verlassen und war niemals zurückgekehrt.

Das Schicksal in diesen Tagen hatte sie auf den schwarzen Kontinent verschlagen. Nach langer Seereise war das Schiff im Hafen von Monrovia eingelaufen.

Hier hatten sie, in dem damals schon unabhängigen afrikanischen Land, sich ein neues Leben aufgebaut, was sich dank des Zarengoldes als nicht allzu mühsam entpuppte. Binnen weniger Jahre waren sie nicht nur Eigentümer der größten Villenresidenz Monrovias, sie waren auch Eigentümer der größten und ergiebigsten Diamantenmine Liberias.

Reichtum war seitdem etwas, das man nicht nur hatte, sondern was sich auch kontinuierlich vermehrte. Dies lag nicht nur an den erbärmlichen Verhältnissen, in denen sie ihre Arbeiter leben ließen, sondern auch an der durch Korruption gut geschmierten Lieferkette.

Anastasja hatte als einzige Tochter nach dem Tode ihrer Eltern in den Jahren 1928 und 1932 das Geschäft übernommen und führte es mit ebenso erbarmungsloser Hand weiter, wie ihre Eltern es ihr vorgelebt hatten.

Sie war eine Dame von Welt, trug feine Pariser Mode und rauchte amerikanische Zigaretten aus einer goldenen Zigarettenspitze. Sie hatte aber auch keine Skrupel, sich selbst die Hände schmutzig zu machen, sofern sie es für nötig erachtete. So konnte sie auch durchaus in einer ihrer Minen unter Tage auftauchen, wenn ihr zu Ohren kam, dass ein Arbeiter sie bestahl, was gelegentlich vorkam.

Was mit diesen Arbeitern geschah wurde nie verzeichnet oder festgehalten, doch den Gerüchten zu Folge wurden sie niemals mehr gesehen. In Ermangelung weiterer Ermittlungen, möglicherweise auch durch den ergiebigen Fluss von Schmiergeldern, wurden Fälle dieser Art nicht weiter untersucht.

Anastasja war eine Frau mit reizender Figur, blonden Haaren und eisblauen Augen. In Liberia wurde ihre Erscheinung schnell sinnbildlich für die Kälte ihres Herzens, wer von ihr abhängig war, fürchtete sie auch.

In Kreisen ihresgleichen hingegen konnte sie mit tadelloser Etikette aufwarten, weshalb sie auf Bällen oder anderen hochgesellschaftlichen Ereignissen ein gern gesehener Gast war.

An diesem heißen Tag jedenfalls rauchte sie gerade aus ihrer goldenen Zigarettenspitze ihre amerikanische Zigarette, als ein Bediensteter auf der Veranda ihrer Villa erschien und ihr auf einem Silbertablett einen Brief servierte, der soeben, an sie adressiert, eingetroffen war.

Sie betrachtete den Umschlag, der, neben ihrer Anschrift in Monrovia, folgenden Absender verriet:

G. Byrkenes

N O T A R

Skillebekgata 34

Haugesund, Norge

Mit einer kurzen Handbewegung deutete sie dem Bediensteten, sie alleine zu lassen und schlitzte mit gekonntem Schnitt den Umschlag an der Längsseite auf.

Sie zog ein Schreiben heraus und las:

Sehr geehrte Frau Koloschenka,

nach langwierigen Erbschaftsermittlungen sind Sie als Nachfahrin der Frau Maria Ilma Hakonsson, geboren im Jahre 1642, gestorben im Jahre 1703, erbteilsberechtigt in der Erbsache Erik Hakonsson, der am 07. April 1935 auf Urterborg, Urter, ohne direkten Erben verstorben ist.

8

Zur Testamentseröffnung am 07. Oktober 1935 sind Sie daher auf Urterborg geladen. Reisekosten werden vollumfänglich übernommen. Erben werden gebeten, sich am 01. Oktober 1935 im Hafen von Haugesund einzufinden, wo die gemeinsame Überfahrt zur Insel Urter organisiert ist.

Auslagen werden Ihnen bei Ankunft erstattet.

Ich bitte freundlichst um telegrafische Benachrichtigung Ihrer Verhinderung, gleichfalls Ihres Erscheinens.

Hochachtungsvoll

Gustav Byrkenes

N O T A R

Sie ergriff die kleine goldene Glocke, die neben ihr auf dem Tisch stand und klingelte ihr Personal herbei.

„Packen Sie meine Koffer! Ich beabsichtige zu verreisen. Buchen Sie mir die nächstmögliche Überfahrt nach Europa."

Sie wusste durch ihren Vater, dass irgendwo in ihrem Blut ein Wikinger steckte. Doch das hatte sie nie interessiert. Es war auch nicht das Erbe, dass sie reizte. Geld hatte sie genug. Sie war seit der Februarrevolution nicht mehr in Europa gewesen, es war vielmehr das nordische Klima und die Sehnsucht aus ihren frühen Jahren, die ihr den Entschluss leicht machte, diese Reise anzutreten. Ihr verlangte es nach einem Abenteuer.

♦

William McLane pflückte gerade ein paar Tomaten vom Strauch im Garten seines kleinen Hauses im schottischen Dorf Durness. Nach seiner Pensionierung im letzten Jahr hatte er sich hier in seinem kleinen Sommerhaus dauerhaft zur Ruhe gesetzt.

Viele Jahre hatte er für Scotland Yard ermittelt und war zwischen Glasgow und Edinburgh gependelt. Nun war seine Dienstzeit offiziell zu Ende gegangen.

Er liebte seine Arbeit und hatte sich in seiner Laufbahn den Ruf eines analytischen und sehr erfolgreichen Ermittlers aneignen können.

McLane war ein wacher Geist, der die Lösung vieler Fälle dem Umstand zu verdanken hatte, dass er das Offensichtliche nicht zu schwer in die Waagschale legte, sondern auch nach alternativen Lösungswegen suchte, in denen er häufig den Schlüssel zum Verbrechen fand.

McLane war bekannt als ein verschlossener Mensch, der nichts auf zu viele Worte gab. Dieser Eindruck konnte täuschen, denn wenn er nicht bei der Arbeit war, konnte er ein sehr geselliger Mensch sein. Da er jedoch in den letzten vierzig Jahren fast ausschließlich gearbeitet hatte, war seine private Seite nicht vielen Menschen bekannt.

Er hatte so sehr für seinen Beruf gelebt, dass er es darüber all die Jahre versäumt hatte, eine entsprechende Frau für sich zu finden. Ein Umstand, den er nun, da er weitestgehend seine Zeit ohne Aufgabe zu Hause verbrachte, bereute.

Ihm war langweilig.

Gelegentlich beriet er einige Kollegen der örtlichen Polizei in kleineren Diebstahls- oder Vermisstenfällen. Doch auch das trug kaum dazu bei, seinen Zustand erträglicher zu machen.

So verbrachte er die meiste Zeit des Tages damit, sein Pfeifchen zu rauchen und den Garten in Stand zu halten, den er angelegt hatte. Morgens informierte er sich in der täglichen Zeitung über das Geschehen dort draußen, nachmittags lief er, akkurat gekleidet, eine Runde durch das Dorf, sah nach dem Rechten und wenn das Wetter es zuließ, stattete er dem Strand fußläufig einen Besuch ab und betrachtete die brausenden Wellen.

Er war weder ein besonderer Menschenfreund, was wohl an seinen vielen Jahren in der Verbrechensbekämpfung lag, noch war er Menschen feindlich gegenüber eingestellt. Er begegnete Personen, die er nicht kannte, mit dem gesunden Abstand eines erfahrenen Ermittlers. Sein Gespür für Menschen war besonders gut ausgeprägt und über viele Jahre trainiert. Auch dies war ein Umstand, der ihn oft auf die richtige Spur gelockt hatte.

Als William McLane gerade die letzten roten Tomaten des Tages in seinen Korb legte, hielt der Postbote mit seinem Fahrrad am Gartenzaun und winkte ihn herbei.

„Post für dich!", sagte er und drückte ihm einen Stapel Briefe in die Hand.

McLane schaute die Briefe durch. Die Post kam hier nur an jedem dritten Tag, da kamen ein paar Briefe schon schnell zusammen.

An einem Brief allerdings blieb sein Blick unmittelbar haften.

Sein Absender war ein bestimmter *G. Byrkenes*, Notar aus dem norwegischen Haugesund.

Was hatte er mit den Norwegern zu tun?

Selbst in seiner Dienstzeit hatte er nur wenig Bezug zu Norwegen gehabt. Nur einmal, in einem Mordfall, hatten sie die Spur in dieses Land gelegt. Das Auslieferungsersuchen hatte Erfolg gehabt. Der Mörder saß nun sein Leben lang hinter Gittern. Dort, wo er hingehörte.

Noch im Garten öffnete er den Umschlag und machte sich mit dessen Inhalt vertraut.

McLane blickte kurz in die Ferne. Von einer norwegischen Abstammung seiner Mutter, sicher vier oder fünf Generationen zurück, wusste er nichts.

Doch schien ihn eine solche Reise zu reizen, vor allem, da sie bezahlt war und ihm auch noch eine möglicherweise ansehnliche Erbschaft in Aussicht stellte.

Seine Analyse sagte ihm unmittelbar, dass diese Erbschaft von größerem Wert sein musste, denn anderenfalls hätte man es nicht auf sich genommen, ihn hier zu ermitteln.

Vielmehr versprach diese Reise aber eine Abwechslung, die er nötigst brauchte.

Sein heutiger Nachmittagsspaziergang führte ihn daher auf direktem Wege zur Telegrafenstation.

♦

Mit dem begrüßenden Getose des Nebelhorns lief die „Spirit of Denmark" in den Hafen von Port Elizabeth ein und wurde von den Südafrikanern mit Willkommensschüssen empfangen.

Die „Spirit of Denmark" war ein majestätischer Ozeankreuzer. Im Jahre 1928 in Liverpool vom Stapel gelaufen, bildete sie das größte und luxuriöseste Flaggschiff der DanskLine, der seinerzeit größten Schifffahrtsgesellschaft Nordeuropas. Von sechs großen Dampfmaschinen angetrieben glitt die „Spirit of Denmark" seitdem über die Weltmeere und brachte die High Society der Welt an jeden Kontinent des Erdballes.

Die Suiten waren groß und mit allen Annehmlichkeiten der Zeit ausgestattet, beim Bau waren keine Kosten und Mühen gescheut worden.

Hoch oben, auf Deck 9, war indes die luxuriöseste Kabine eingerichtet worden, die von niemand Geringerem dauerhaft bewohnt wurde, als dem emeritierten Eigner der DanskLine, dem inzwischen 91-jährigen Sveinung Kjaergaard. Der alte Kjaergaard war ein gewiefter Geschäftsmann, der aus einem kleinen innerdänischen Fährgeschäft im Laufe von siebzig Jahren die sechstgrößte Schifffahrtsgesellschaft der Welt hatte entstehen lassen.

Seinem Gespür für Geschäftätigkeit verdankte er es, dass er sich im Alter von reifen 85 Jahren aus dem operativen Geschäft zurückziehen und seinen Lebensabend als Dauergast auf dem neuesten Prachtschiff seiner ganzen Flotte auf den Weltmeeren verbringen konnte. Hierzu hatte er die Werft beauftragt, ihm auf dem Oberdeck seine eigene private Suite zu schaffen.

Mit Ausnahme von ein paar altersgemäßen Gesundheitsproblemen, gegen die er die ein oder andere Medizin einnahm, verkehrte er mit seinen 91 Jahren noch in einem ausgezeichneten Allgemeinzustand.

Er ging nur selten an Land, auch in den Häfen verbrachte er die meiste Zeit auf seinem Schiff und zog seine Kreise, nicht ohne dem ersten Offizier beinahe täglich eine Liste mit Aufgaben zu überreichen, die auf dem Schiff in Ordnung zu bringen waren.

Etwa zwei Stunden nach dem Einlaufen in den Hafen von Kapstadt klopfte es an die Tür der Suite. Ein Steward überreichte Kjaergaard einen Brief.

Herr Sveinung Kjaergaard

c/o Spirit of Denmark; Kapstadt Harbour

Der Absender war ein gewisser *G. Byrkenes*, Notar aus Haugesund, Norwegen.

Neugierig öffneten die knorrigen Finger des alten Reeders den Umschlag.

Noch am gleichen Tag erreichte die Brücke folgende Anweisung:

„1.   An G. Byrkenes, Notar, Haugesund, telegrafieren: S. Kjaergaard findet sich am 01.10.1935 in Haugesund ein.

2.   An Brücke: Einlaufen in Oslo auf 29.09. vorverlegen. S.K. verlässt in Oslo das Schiff. Anschlussverbindung nach Haugesund vorbereiten.“

♦

Emilia Assmann war eine blasse, eher unscheinbare Person. Für ihre 43 Jahre sah sie bereits recht alt aus, gezeichnet von einem sorgenvollen Leben, das es nicht immer gut mit ihr gemeint hatte. Obgleich sie mit ihrem blonden, lockigen Haar und den blaugrünen Augen nicht unansehnlich war, war sie eine dieser Personen, die in einer größeren Gesellschaft so unbemerkt blieben, dass man schlussendlich nicht einmal wusste, ob sie überhaupt zugegen gewesen war.

Emilia Assmann war als Telefonistin in Düsseldorf beschäftigt. Der frühe Tod ihres Ehemannes vor acht Jahren hatte ihr nicht nur die Existenzgrundlage geraubt, sie war seither auch psychisch angeschlagen und hatte bereits mehrere Sanatoriumsaufenthalte hinter sich.

Ihr Leben war eine Last für sie und sie konnte auf wenig Unterstützung in ihrem Umfeld bauen. Sie hatte keine Familie und aufgrund ihres introvertierten, glanzlosen Lebens auch nur einen sehr begrenzten Freundeskreis.

Wenn man ihren Gemütszustand mit dem Wetter vergleichen wollte, so kam ihm ein grauer Herbsttag wohl beachtlich nahe.

Sie pendelte, sofern sie nicht gerade einmal einkaufen musste, zwischen ihrer Arbeit und der kleinen Wohnung, die sie sich von ihrem schmalen Einkommen leistete, hin und her.

Sie ging so gut wie niemals aus oder pflegte soziale Kontakte. Nicht, weil sie das soziale Umfeld ablehnte, sondern weil es ihr nicht gelang, Kontakte zu knüpfen oder ihr Umfeld überhaupt für sich zu begeistern.

So erreichte sie auch diesmal nach einem langen Arbeitstag ihre leere Wohnung in der Weiherstraße. Die wenigen Poststücke, die sie erreichten, fand sie hinter ihrer Wohnungstür auf dem Fußboden.

Ein Brief fesselte allerdings ihr Augenmerk.

G. Byrkenes

N O T A R

Das war außergewöhnliche Post, noch nie hatte sie ein Poststück aus dem Ausland erhalten.

Sie verschlang den Inhalt mit ihren Augen. Es war ein heller Lichtstreif in ihrem sonst so tristen Leben.

Dass sie einen Teil ihrer Wurzeln im hohen Norden hatte, war ihr unbekannt. Nie hatten ihre Eltern etwas derartiges erwähnt. Vielmehr, falls ihre Eltern dies gewusst hätten, wäre es ihr sicherlich zugetragen worden.

Und doch, neben dieser Erbschaft, was auch immer sie betraf, bedeutete dies doch, dass es irgendwo auf dieser Welt Verwandte von ihr gab. Menschen ihres eigenen Blutes, Menschen, die sie schon deshalb akzeptierten und möglicherweise wahrnahmen, weil sie auf irgendeine Art und Weise zu ihnen gehörte.

Ihre Sehnsucht nach sozialen Kontakten war so groß, dass sie jede Hand umschlang, die ihr zu Hilfe gereicht wurde.

So setzte sie sich am gleichen Abend an den Sekretär und verfasste einen Brief.

„Emilia Assmann wird sich am 01. Oktober im Hafen von Haugesund einfinden. Mit der Bitte um Übersendung eines Vorschusses für die zu tätigenden Auslagen der Anreise,

hochachtungsvoll

Emilia Assmann"

♦

Tex Hakonsson zog an seiner Zigarre, als er, auf einer Anhöhe stehend, über seine Ranch und seinen weitläufig umzäunten Weidegrund im texanischen Three Rivers schaute und zufrieden lächelte, als er seine großen Rinderherden grasen sah.

Der 53-jährige Amerikaner mit stämmiger, gut genährter Figur, Schnauzbart und Cowboyhut hatte seinen amerikanischen Traum geschaffen.

Sein Vater, Harald Hakonsson, war 1874 aus Norwegen emigriert, mit nicht viel mehr in der Tasche als einer vergoldeten Taschenuhr und einem Koffer mit den notwendigsten Dingen des Lebens. Er war Richtung Texas gezogen und hatte bei der Eisenbahn seine ersten, wenigen Dollars verdient. Damit wollte er sich eine kleine bescheidene Farm aufbauen.

Nachdem er sich sein erstes Rind, immer noch ohne Farm, von seinen Ersparnissen gekauft hatte und plötzlich durch eine Erkrankung und die notwendigen Arztkosten kurze Zeit später gezwungen war, das Rind wieder zu verkaufen, merkte er, dass es ihm trotz des Rückschlages gelang, hiermit einen ordentlichen Gewinn zu erzielen.

In der Folge begann er mit dem Rinderhandel, verdiente sein erstes Geld, kaufte eine kleine Farm und heiratete ein Dienstmädchen. Kurze Zeit später kam dann Tex auf die

Welt.

Das Geschäft mit den Rindern wuchs zuerst langsam, dann aber stetig. Als Tex etwa 14 Jahre alt war, schlug er seinem Vater vor, nicht nur mit Rindern zu handeln, sondern die Farm zu vergrößern und Rinder zu züchten. Damit konnten sie den Gewinn noch weiter steigern.

In den Folgejahren wuchs das Unternehmen zu einer großen Farm heran, sie übernahmen die Ranchen der umliegenden Bauern, stellten Personal ein und multiplizierten ihr Vermögen.

Sein Vater starb, ein Jahr nach seiner Mutter, im Jahre 1931 und hinterließ ihm ein millionenschweres Vermögen. Tex war steinreich.

Er hatte keine höhere Schulbildung genossen, er war aber auch nicht dumm. Seine Natur war derbe, aber ehrlich. Trotz seines Vermögens war er bodenständig, wenn auch nicht immer bescheiden. Er war stolz auf das, was er mit seinem Vater geschaffen hatte und gab dies auch an seinen eigenen Sohn weiter. Er arbeitete ihn ebenso ein, wie sein Vater ihn mit in das Geschäft geholt hatte.

Nach seiner täglichen Ranchbeschau auf dem Hügel stapfte er zurück zum Haus und sichtete in seinem Büro die Tagespost.

Unter einer Unzahl geschäftlicher Schreiben, Bestellungen und Rechnungen zog er einen Brief aus Übersee heraus.

G. Byrkenes

N O T A R

Ein Brief aus Norwegen. Tex war neugierig.

Noch am gleichen Nachmittag schickte er seinen Sohn mit seinem brandneuen Auto in die Stadt, um eine Nachricht zu telegrafieren.

„Tex Hakonsson wird sich am 01.10.1935 in Haugesund einfinden."

♦

Der 34-jährige Hugo Delahaye kam gerade von einer Reise aus Las Vegas zurück in seine große Villa in Paris. Seine ganze Reise hatte eigentlich nur aus Spaß bestanden. Auf der Schiffsreise hatte er, mit Ausnahme kleinerer Schlaf- und Essensphasen, nur gefeiert. In Las

Vegas war er den größten Teil seiner Zeit am Roulettetisch zu finden gewesen.

Das Leben des jungen Franzosen glich einer reinen Freudenveranstaltung, denn Hugo tat nichts, was er nicht machen wollte. Woher seine finanziellen Mittel kamen, wusste niemand so genau. Dass er sie hatte, stand wohl außer Zweifel, denn er warf mit seinem Vermögen nur so um sich. Maß kannte er nicht.

Ob er reich geerbt oder das Geld gewonnen hatte, war nicht bekannt. Böse Zungen glaubten aber zu wissen, dass er sein sehr ansehnliches Vermögen innerhalb von einem Jahrzehnt mit der Errichtung verschiedener Bordelle und nicht ganz legaler, anderer Geschäfte erzielt hatte. Fakt war nur, dass er vor drei Jahren in die pompöse Pariser Villa eingezogen war und seitdem nicht an einem Tag arbeitend gesehen wurde.

Den Haushalt machte eine Haushälterin, den Garten pflegte ein Gärtner. Seine Geschäfte, wenn er sie denn hatte, wurden offensichtlich nicht mehr von ihm federführend geleitet.

Auf eine Einladung eines Notares *G. Byrkenes* stieg er am

28. September 1935 in seinen Bugatti und machte sich in
guter Laune auf den Weg nach Haugesund.

♦

Lord Colmsworth hatte gerade auf seinem Landsitz
Whitby Castle, einem kleinen Schloss an der englischen
Küste, mit einem guten Freund diniert und wollte gerade
mit ihm, einem Brandy und einer Zigarre vor dem Kamin
Platz nehmen, als er den Briefschlitz in der Eingangshalle
laut klappern hörte.

Es sei gesagt, dass der 68-jährige Colmsworth trotz seiner
edlen Herkunft nicht über größere finanzielle Mittel
verfügte. Bei dem großen Börsencrash im Jahre 1929
hatte er beinahe gänzlich sein Vermögen verloren, das er,
in der Hoffnung auf schnelle Gewinne, ausschließlich in
Wertpapieren angelegt hatte.

Der Verkauf seiner Londoner Stadtwohnung sowie eines
Gehöftes bei Skegness sicherte ihm nun sein finanzielles
Überleben der kommenden Zeit.

Dies dürfte auch den Umstand erklären, das Lord
Colmsworth auf die Beschäftigung jeglichen Haus-

personals verzichtete und es daher vorzog, selbst mit den abgemessenen Schritten eines englischen Lords und ebendessen kerzengerader Statur in die Halle zu schreiten und seine Post aus dem Korb hinter dem Briefschlitz zu sichten.

So las er auch mit Interesse das Schreiben eines gewissen *G. Byrkenes*, das an ihn adressiert den Weg zu seinem Landsitz gefunden hatte.

Ihm war bekannt, dass eine Urahnin von ihm eine norwegische Edeldame gewesen war, aber das war sicherlich bereits über zweihundert Jahre her.

Doch die Aussicht, dass er über diese alte Verbindung Recht auf eine Erbschaft haben könnte, kam ihm in seiner Situation überaus gelegen.

Zurück im Salon startete er wieder die Konversation mit seinem Freund.

„Ich werde verreisen."

♦

Friedrich Engelmann öffnete die Wohnungstür seines Berliner Appartements. Die letzten 42 Jahre hatte er das Appartement morgens um 06:15 Uhr verlassen und war am Nachmittag gegen 18:00 Uhr zurückgekehrt. Doktor Engelmann stand in ganz Berlin bekannt als ausgezeichneter Arzt. Er war Chirurg an der Charité und arbeitete nebenbei als Dozent mit den jungen Medizinstudenten.

Er war, was man gemeinhin eine Koryphäe bezeichnete. Er war ein Mann mit großem Wissen, vor allem auf medizinischem Gebiet. Dabei war diese Laufbahn ihm nicht vorherbestimmt. Er kam nicht aus reichem Hause und wenn es das Glück nicht so überaus gut mit ihm gemeint hätte, wäre er vermutlich als Arbeiter in der ein oder anderen Fabrik geendet.

Wie der Zufall es wollte, war er in seiner Kindheit mit einem Jungen aus reichem Elternhaus befreundet.

Dessen Vater war Gesellschafter eines großen Pharmaunternehmens und er hatte das Privileg, fast täglich in der Villa seines Freundes ein- und ausgehen zu dürfen.

Wie es der Zufall wollte, waren sie im Winter auf einem zugefrorenen See Schlittschuhlaufen, als sein Freund im zu dünnen Eis einbrach und drohte, in dem eiskalten Wasser zu erfrieren. Geistesgegenwärtig hatte er einen abgebrochenen Ast ergriffen und seinen Freund damit aus dem eisigen Loch gezogen.

Ihm wurde dadurch ein großer Dank der Familie seines Freundes zu Teil, der sich in der Finanzierung seiner Schullaufbahn und seines Studiums ausdrückte. Er konnte dadurch das Gymnasium besuchen und studierte im Anschluss gemeinsam mit seinem Freund Medizin.

Nachdem er nach seinem Studium und seiner Promotion in dem besagten Pharmaunternehmen über acht Jahre an der Entwicklung neuer Medikamente gearbeitet hatte, war er unfreiwillig aus dem Unternehmen ausgeschieden.

Engelmann war federführend an der Entwicklung eines neuen Antibiotikums beteiligt gewesen. Zu dieser Zeit war ihm sein rasanter Aufstieg in dem Unternehmen bereits zu sehr zu Kopf gestiegen, weshalb er, um seinen Ruhm und finanziellen Bonus weiter zu steigern, ein noch nicht zu Ende entwickeltes Präparat zu früh auf den Markt hatte werfen lassen. Alle Tests waren sehr positiv ausgefallen, daher hatte er weitere notwendige Testreihen einfach ausfallen lassen und die Ergebnisse zu seinen eigenen

Gunsten gefälscht. Er war daher mit der Marktreife viel früher fertig geworden, was ihm einen weiteren Aufstieg in der Pharmabranche gesichert hätte.

„Probaktolin", wie das Medikament nach seiner Markteinführung hieß, geriet jedoch schnell in den Verdacht, an mehreren Todesfällen beteiligt gewesen zu sein. Dies konnte schließlich auch nachgewiesen werden.

Daraufhin hatte man seine Arbeit intern revidiert und seine Fehler und Nachlässigkeiten entdeckt.

Da es dem Pharmaunternehmen gelang, die Angelegenheit für die breite Öffentlichkeit versteckt zu halten und den Vorfall unter den Teppich zu kehren, verzichtete man darauf, gegen ihn Strafanzeige zu erstatten, wenn er im Gegenzug seine „freiwillige" Kündigung einreiche. Dies erregte keine weitere Aufmerksamkeit für den Konzern und ermöglichte es Engelmann, seine Reputation aufrecht zu erhalten.

Bald darauf hatte er schon die Möglichkeit, an der Berliner Charité eine Stelle als Chirurg anzutreten, welche er auch ohne zu zögern annahm. Ein Tätigkeitsfeld, dass ihn ohnehin seit langer Zeit besonders faszinierte, da er nun direkt am Menschen tätig sein konnte.

Das dunkle Kapitel seiner Berufslaufbahn war nie mehr zur Sprache gekommen, der Charité war es ohnehin niemals bekannt gewesen. Er schaffte es sogar, sich auch als Chirurg einen großen Namen zu machen.

Wie dem auch sei, sein Arbeitsleben war nun zu Ende gegangen und am heutigen Tage hatte er seinen letzten Arbeitstag hinter sich gelassen.

Ein bisschen orientierungslos fühlte er sich. Sein bisheriges Leben hatte daraus bestanden, am Operationstisch zu stehen und die verschiedensten Leiden der Patienten zu korrigieren.

Nun wurde er nicht mehr gebraucht, er war alt.

Dabei fühlte er sich noch nicht wie die siebzig Jahre, die sein Körper nun schon auf dieser Welt verweilte. Nur sein Spiegel verriet ihm jeden Morgen, dass diese Zeit nicht ohne Spuren an ihm vorbeigegangen war.

Er hatte Glück im Leben gehabt, und das gleich mehrfach. Doch seine Glückssträhne schien noch nicht beendet zu sein. Hinter der Eingangstür lag ein Brief. Er stellte seine Tasche zur Seite, hing Mantel und Hut an die Garderobe und hob den Brief vom Boden auf.

♦

Mario Cerutti stieg im Bahnhof von Neapel in ein für ihn reserviertes Abteil in der ersten Klasse des Zuges ein, der ihn hoch nach Mailand bringen sollte. Von Mailand aus würde er den AlpenExpress nach München nehmen und von dort aus weiter nach Dänemark fahren, um auf der Fährverbindung nach Stavanger einzuschiffen. Dort hatte er sich die beste Kabine reservieren lassen.

Eigentlich reiste der etwas dickliche Herr mit dem freundlichen, runden Gesicht, der Brille, dem fein und gerade gezwirbelten Schnurrbart und der Melone, die die fehlenden Haare über dem schwarzen Haarkranz verdeckte, nicht gerne. Am liebsten residierte er in seiner Villa in Neapel und ließ sich dort von seinem Personal bedienen.

Seinem Gesicht zu Folge konnte der freundliche Herr mit seinen 56 Jahren keiner Fliege etwas zu Leide tun, doch dieser Eindruck täuschte.

Mario Cerutti war der Kopf der neapolitanischen Maffia. Nach außen hin gab er den aufrechten, korrekten italienischen Herren, dem nichts ferner lag, als in illegale Geschäfte verwickelt zu sein. Nur die wenigstens waren jedoch darüber im Bilde, welche Organisation auf sein Kommando hörte.

Cerutti betrachtete sich allerdings auch nicht als Kriminellen, im Gegenteil. Er war vor allem ein Geschäftsmann. Und hätte er nicht eines Tages von seinem Vater das „Familiengeschäft" übernommen, er wäre auch ein respektabler Bankier oder Schuhfabrikant geworden.

Für ihn gehörten seine Entscheidungen zum Geschäft, sie waren nur selten persönlich. Das Geschäft hatte seine eigenen Regeln, denen sich er, aber vor allem alle anderen unterzuordnen hatten.

Er trat dabei allerdings nie in den Vordergrund, die schmutzige Arbeit verrichteten seine Angestellten.

Für ihn war es ein rundum sauberes Geschäft, mit dem er gutes Geld verdiente.

Die Zeiten waren ruhig, so konnte er sich auch den Luxus gönnen und diese Reise in den Norden Europas antreten.

Er hatte das Geschäft für die Zeit seiner Reise seinem Sohn übertragen. Dieser konnte nun zeigen, ob er sich als spätere Nachfolge für das Geschäft eignete. Er hatte ihn angelernt, wie das auch schon sein Vater mit ihm gemacht hatte. Dies war nun sozusagen seine Abschlussprüfung.

Er hatte schon immer ein Interesse daran gehabt, wie die Familiengeschichte der Ceruttis ausschaute. So wusste er bereits, dass ein Teil des Ceruttischen Blutes aus dem kalten Teil Europas stammte. Das war allerdings schon fast dreihundert Jahre her. Trotzdem bildete er sich ein, dass es das Wikingerblut in ihm war, das ihn im Besonderen zu diesem schwierigen Geschäft befähigte.

Und so scheute er nun auch nicht diese weite Reise, die ihn in die Heimat seiner so bewunderten Vorfahren brachte, alleine schon aus Interesse und Respekt vor seiner eigenen Vergangenheit.

Vor zwei Tagen hatte er einen Brief aus Norwegen erhalten, der ihn zu einer Erbschaftssache nach Haugesund geladen hatte. Dies wollte er sich nicht entgehen lassen. Mit noch größerem Vermögen konnte man ihn nicht locken, Geld strömte genug in die ohnehin vollen Kassen des Familienclans. Er machte diese Reise aus Neugier.

Nachdem er sich in seinem Abteil eingerichtet hatte, fiel ihm die gut gekleidete junge Dame ins Auge, die soeben auf dem Bahnsteig mit einer Kutsche vorgefahren wurde. Sogleich wurde ihr Gepäck von den Kofferjungen entladen und in den Zug gebracht. Der Kutscher bot der blonden Frau die Hand und half ihr aus der Kutsche.

Ihm gefiel diese geradezu nordische Erscheinung mit den eisblauen Augen, dem etwas arroganten Blick, der unter dem breiten, eleganten Hut wachsam die Umgebung aufnahm.

Die Dame war von schlanker Statur, ihre Haut hatte eine gesunde Bräune.

Bevor sie in den Zug stieg, steckte sie sich in ihrer goldenen Zigarettenspitze eine Zigarette an.

Cerutti nahm sich vor, sich ihr vorzustellen, falls sich die Gelegenheit dazu ergeben sollte. Er warf einen Blick in den Spiegel, der sich in der Abteiltür versteckte, kämmte seinen Haarkranz und rückte seine Fliege zurecht.

Dann nahm er Platz und vertiefte sich in eine Zeitung.

Der Zug fuhr schnaufend los und verließ Neapel. Die Rauchschwaden der starken Dampflok strichen schon bald in voller Fahrt am Fenster des Abteils vorbei.

Kapitel 2

Etwa gegen sechs Uhr Abends öffnete der Schaffner, korrekt gekleidet und mit weißen Handschuhen bestückt, nach kurzem Klopfen die Tür des Abteils und verkündete, dass das Abendessen im Speisewagen nun serviert werde und man sich bitte dorthin begeben möge.

Cerutti setzte seine Melone auf, zwirbelte seinen Schnäuzer und überprüfte den Glanz seiner Schuhe. Dann trat er zum Gang hinaus.

Er wollte gerade zum Speisewagen aufbrechen, als sich die Tür des Abteils neben ihm öffnete und die elegante Dame heraustrat, die er bereits in Neapel in den Zug einsteigen hatte sehen.

Augenblicklich stellte er die Füße aneinander, hob seine Melone ein Stück und beugte seinen Kopf grüßend nach vorne.

„Guten Abend werte Dame, darf ich mich vorstellen:
 Cerutti! aus Neapel"

„Guten Abend der Herr!", antwortete die Dame.

 „Anastasja Koloschenka."

„Freut mich."

Ceruttis Kopf hatte wieder seine Ausgangsposition erreicht.

„Darf ich die Dame zum Speisewagen begleiten?", fragte er höflich.

Anastasja musterte ihn kurz und streckte dann den Arm aus.

„Sie dürfen!"

Koloschenka und Cerutti traten in den Speisewagen, in dem die Tische bereits fein säuberlich eingedeckt waren.

„Wäre es der Dame genehm, mit mir gemeinsam zu dinieren?", fragte Cerutti in den besten Manieren, die ihm zu eigen waren.

„Sie dürfen gerne gemeinsam mit mir speisen!", sagte Koloschenka. „Ich reise ohnehin alleine und hoffe auf ein wenig Kurzweiligkeit!"

Der leicht dickliche italienische Gentleman gefiel ihr, außerdem war ihr die Gesellschaft eines redseligen Herren momentan lieber, als die Stunden der Fahrt ohne Ansprache verbringen zu müssen.

„Darf ich Sie fragen, woher Sie kommen? Sie sprechen einen russischen Akzent, wenn ich dies richtig

36

vernommen habe!", leitete Cerutti die Konversation ein.

„Monrovia!", antwortete Koloschenka kurz und fügte zügig hinzu, als sie merkte, dass ihr Gegenüber offensichtlich nicht über weitläufige geographische Kenntnisse verfügte: „Liberia!"

Sein Gesicht hellte sich auf.

„Afrika!", sagte er.

Sie nickte.

„Dann sind Sie bereits weit gereist?"

Er schaute sie fragend an.

Sie nickte.

„Sechs Tage mit dem Dampfschiff nach Neapel!"

„Hatten Sie denn eine angenehme Reise?"

Koloschenka machte eine etwas abfällige Handbewegung.

„Ich darf es so formulieren: Mein Personal zu Hause ist wesentlich kompetenter als jenes, das mir auf meiner Reise zur Seite gestellt war!"

Cerutti war beeindruckt von dieser Dame.

Ganz offensichtlich stammte sie aus gutem Hause, dafür hatte er einen guten Riecher.

Die Kälte ihrer Augen und die leichte Überheblichkeit in ihrer Stimme waren ganz nach seinem Geschmack.

„Wohin geht Ihre Reise denn? Haben Sie noch einen langen Weg?"

Koloschenka blickte auf.

„Haugesund, Norwegen. Eine Erbschaftssache!"

Cerutti wollte gerade den silbernen Suppenlöffel zum Mund führen, als er ihn überrascht wieder zurück in die Terrine sinken ließ.

„Haugesund? Eine Erbschaft? Das ist auch mein Reiseziel!"

♦

Hugo Delahaye wollte es sich nicht nehmen lassen, die Reise nach Norwegen auf seinen eigenen vier Rädern anzutreten. Er hatte viel zu viel Freude daran, in seinem neuen Bugatti über die Landstraßen zu fliegen. Zudem konnte er nirgends mit so viel Aufmerksamkeit für sich rechnen, als wenn er sich mit diesem sündhaft teuren Sportwagen blicken ließ.

In einer Werkstatt in Paris hatte er noch Reifen, Öl und Bremsbeläge tauschen lassen, um für die weite Fahrt ordentlich gerüstet zu sein.

Vollgetankt hatte er seinen Wagen entgegengenommen und rauschte nun über die französischen Landstraßen, um über Belgien, Deutschland und Dänemark mit der Fähre nach Norwegen überzusetzen.

Ja, er genoss es, die Blicke der armen Landbevölkerung auf seinem Antlitz zu spüren. Er hatte es geschafft! Er war geboren, um erfolgreich zu sein.

Mit einem zufriedenen, selbstverliebten Lächeln drückte er das Gaspedal hinunter.

♦

Tex Hakonsson verließ im Hafen von Lissabon die „Dansk Stolthed", einen Luxusliner der DanskLine, womit er in sieben Tagen die Strecke von New York nach Lissabon befahren hatte und setzte seinen Fuß auf portugiesischen Boden. Die Sonne des späten Septembers hatte immer noch genug Kraft, um dem wärmeverwöhnten Texaner ein heimatliches Gefühl zu bereiten.

Am nächsten Tage würde er sich auf der „Spirit of Denmark" einschiffen, die mit Ziel Oslo am frühen Nachmittag ablegen würde.

Auf diese Reise freute er sich besonders. Die „Dansk Stolthed" war bereits ein besonderes Erlebnis gewesen. Auf ihr wurde mit Luxus und Service nicht gespart. Dem dänischen Eigner hätte er, wenn er ihn denn kennengelernt hätte, gerne seinen Dank für diese Überfahrt ausgesprochen, die ihm ein Vergnügen war.

Doch gespannt war er nun darauf, was ihm die „Spirit of Denmark" noch Außergewöhnlicheres zu bieten hatte, denn die Zeitungen hatten in der letzten Zeit mit Superlativen nicht gespart, wenn sie über diesen luxuriösen Ozeanriesen berichteten.

Bis zum nächsten Tage beschloss Tex allerdings, sich die portugiesische Hauptstadt visuell, aber vor allem kulinarisch zu Gemüte zu führen und durchstreifte die Altstadt nach einem landestypischen Restaurant, nachdem er im „Grand Hotel Altlantic" sein Zimmer bezogen hatte.

♦

Dr. Engelmann hatte einen Koffer mit seiner fein säuberlich zusammengelegten Wäsche gepackt und die Kultursachen hinzugefügt, die es einem gepflegten Mann seines Alters ermöglichten, sich standesgemäß unter seinesgleichen zu begeben.

Nachdem er seinen Hut aufgesetzt und die silberne Taschenuhr in seiner Westentasche verstaut hatte, schloss er die Tür seines Appartements sorgfältig ab und übergab den Schlüssel vertrauensvoll seiner Nachbarin, die in seiner Abwesenheit nach dem Rechten sehen wollte.

Engelmann rief ein Taxi herbei und ließ sich zum Bahnhof bringen, dort bestieg er den Schnellzug nach Hamburg.

In Hamburg wartete er auf den Nachtzug nach Hirtshals, von wo aus er mit der Fähre nach Oslo übersetzen würde. Von dort aus stand ihm dann noch eine Schiffspassage nach Haugesund bevor.

Am späten Nachmittag bezog er das Liegeabteil in der ersten Klasse und richtete sich für die bevorstehende Nacht ein, woraufhin sich der Zug auch zügig in Bewegung setzte.

Nachdem Engelmann sich im Rauchersalon zwei Zigarillos gegönnt hatte, während er die aktuellen Nachrichten aus der Zeitung studierte, schweifte er über die vorbeiziehende Landschaft Holsteins, die an diesem Abend in ein klares, rötliches Licht getaucht wurde.

Mit einem abfälligen Blick betrachtete er den blauen Bugatti mit französischem Kennzeichen, der auf der parallel verlaufenden Straße in hohem Tempo vorbeizog, jegliche Gefahr der Geschwindigkeit ignorierend.

Bereits häufig hatte Engelmann die Opfer solcher Raserei auf seinem Operationstisch liegen gehabt. Meist waren dies Verletzungen, die auch seine ausgesprochenen Künste als Chirurg nur noch unzureichend behandeln konnten.

Er hatte bereits viel zu viele dieser Verrückten zusammengeflickt und wenn er ehrlich zu sich selber war, hatte er sich bei diesen selbstverschuldeten Opfern moderner Raserei schon lange nicht mehr besonders große Mühe gegeben. Ihm war es aus irgendeinem Grunde Recht, dass sie die Folgen ihres unverantwortlichen Handelns spüren konnten. Es war die Strafe für Überheblichkeit und Rücksichtslosigkeit, die diese Autofahrer ihrer Umwelt entgegenbrachten.

Auch dieser Franzose würde sicher bald die gerechte Quittung für sein Handeln erhalten. Jeder erhielt doch irgendwann die Rechnung für seine Taten.

Drei Wagons hinter dem Rauchersalon in besagtem

Nachtzug faltete Emilia Assmann in der dritten Klasse ihren Mantel zu einem provisorischen Kissen und machte es sich auf der Holzbank so bequem, wie es die Umstände ihr erlaubten.

Sie war am Vormittag in Düsseldorf zugestiegen und hatte in stoischer Haltung die Fahrt auf der harten Bank ertragen. Sie hatte sich lediglich einen Fahrschein für die dritte Klasse gekauft, da sie sich unsicher darüber war, ob die Reisekostenerstattung, die sie durch den Notar zu erwarten hatte, ihr eine bequemere Fahrt erlaubte. Die Mehrkosten zu tragen wäre sie jedenfalls nicht im Stande gewesen.

Während sie aus dem Fenster sah und das Abendrot bewunderte, in das die Landschaft getaucht wurde, betrachtete sie auch den blauen Sportwagen, der den Zug in halsbrecherischer Fahrt überholte.

Ihre Augen verrieten eine Mischung aus Bewunderung, Abscheu und Neid. Bewunderung für einen Lebensstil, den sie sich niemals leisten konnte und Abscheu für die Arroganz, mit der sich diese erfolgsverwöhnten Menschen immer und immer wieder in den Vordergrund drängten, während sie ihr ganzes Leben hinter den Kulissen

43

verbachte.

♦

Hugo Delahaye fuhr mit Vollgas.

Wachsende Geschwindigkeit war für ihn auch wachsender Spaß. Er führte sein Leben schließlich nicht nur auf der Straße auf der Überholspur. Ein Sportwagen war dazu gemacht, mit ihm auch schnell zu fahren und es kitzelte ihn in den Fingern, einen neuen Streckenrekord auf der Fahrt durch Europa aufzustellen. Er steuerte erst am späten Abend eine Pension an, um bereits am frühen Morgen wieder aufzustehen und mit dem Krähen des Hahnes den Motor zu starten.

Dass die Bremsen seines Autos bereits seit dem Werkstattbesuch schwergängiger funktionierten, hatte den passionierten Freizeitrennfahrer nicht weiter beunruhigt. Schließlich waren die Bremsen gewartet und getauscht worden, er ging somit ganz selbstverständlich davon aus, dass mit seinem Fahrzeug alles in bester Ordnung war.

Bereits eine ganze Zeit, nachdem er im Abendrot den Schnellzug überholt und dabei zufrieden gelächelt hatte,

44

beschloss er, kurz vor der dänischen Grenze von der Landstraße abzubiegen, um sich ein Quartier für die nahende Nacht zu suchen.

Doch bevor es soweit war, drückte er das Gaspedal noch einmal bis auf den Boden, um dem rasanten Tag einen krönenden Abschluss zu bescheren.

Die nahende, scharfe Rechtskurve sah er dabei erst spät.

Der Tritt auf das Bremspedal resultierte, statt in einer kräftigen Verzögerung, in einem laut wahrnehmbaren Knall, der sich mit dem totalen Verlust der Bremsleistung bemerkbar machte.

Hugo Delahaye hatte kaum Zeit, zu reagieren. Er riss in voller Fahrt in der Rechtskurve das Steuer um und duckte sich in seinen Sitz.

Der blaue Bugatti überschlug sich etwa sieben oder acht Mal, bis er, kaum noch als Auto erkenntlich, in einer großen Staubwolke in einem Feld zum Stillstand kam. Auf das laute Krachen des Unfalles folgte die Totenstille der Nacht.

Hugo saß nicht mehr auf dem Fahrersitz.

♦

Lord Colmsworth reiste per Schiff nach Norwegen. Der Umstand, dass ihm die Reisekosten erstattet werden würden, ließ ihn wählerisch in der Art seiner Unterkunft werden und sich, so wie er es für standesgemäß erachtete, eine Suite in der ersten Klasse reservieren. Trotz seiner klammen finanziellen Umstände hätte er es für vollkommen unakzeptabel erachtet, sich mit dem gewöhnlichen Volk in der dritten Klasse zu tummeln.

So geschah es, dass er die Kabine neben einem gewissen William McLane bezog, den er beim Bezug bereits kurz kennenlernte.

McLane war nicht von seinem Blute, das hatte er anhand seiner Kleidung auf den ersten Blick analysiert. Gehobenes Bürgertum, ein Schotte. McLane hatte sich kurz vorgestellt, ohne zu viele Informationen über sich Preis gegeben zu haben.

Der Name McLane war ihm allerdings ein Begriff. Oftmals hatte man über ihn in der Zeitung berichtet. Offensichtlich ein Schnüffler der besten Sorte. Was diesen Herren allerdings in die erste Klasse dieses Schiffes verschlug, war ihm fraglich. Die erste Klasse musste doch die Gehaltsklasse eines Beamten deutlich übersteigen.

Beim Abendessen hatte er Gelegenheit, sich näher über die Umstände des William McLane zu informieren, da sich ihm die Möglichkeit bot, mit McLane an einer Tafel zu dinieren.

Lord Colmsworth hatte sich vorgestellt, McLane hatte die Vorstellung freundlich, aber zurückhaltend erwidert. Colmsworth war es sofort aufgefallen, dass dieser Herr nicht viel auf ausschweifende Worte gab. Er war nüchtern und sachlich und warf nicht mit Worten um sich.

Doch war es ihm gelungen, ein paar Umstände seiner Reise in Erfahrung zu bringen.

McLane hatte offenbar ein Reisebillet der zweiten Klasse gebucht. Die Reederei hatte ihm jedoch von sich aus die Fahrt mit einer Kabine in der ersten Klasse aufgewertet, in der Hoffnung, das Sicherheitsgefühl der wohlzahlenden Reisenden aufzuwerten, denn niemandem, der viel zu schützen hatte, war die Anwesenheit eines entsprechend bekannten Ermittlers zuwider.

McLane gab seinerseits nicht viel auf die luxuriösen Zuwendungen, die ihm hier zu Teil wurden, er konnte sich allerdings dennoch sicher in feiner Gesellschaft bewegen.

Während Lord Colmsworth in der Gesellschaft seiner

Mitreisenden nicht hinter dem Berg hielt, dass er eine aussichtsreiche Erbschaft erwartete, blieb man über das Ziel von William McLane im Unklaren.

Wenn man sich über den Zweck seiner Reise erkundigte, antwortete er knapp:

„Private Angelegenheiten!"

♦

Hugo Delahayes Machenschaften hatten ihn eingeholt. Dies war kein normaler Unfall gewesen. Er hatte das Auto für die Fahrt in Ordnung bringen lassen.

Es musste jemand die Finger an seinem Auto gehabt haben. Jemand, der wusste, wie er fuhr. Jemand, der sich auf diese Weise von ihm entledigen wollte.

Seine Geschäftsfelder und Geschäftspraktiken in Paris mussten irgendwann persönliche Folgen haben, sie gingen nicht ohne Feindschaften einher. Dies hatte er lange erfolgreich verdrängen können, der Spaß hatte die Fakten seines Lebens lange genug verdrängen können. Doch nun schienen sich seine Machenschaften an ihm rächen zu wollen. Dies war ein Mordanschlag gewesen, dessen war er sich sicher.

Doch Hugo hatte mehr als nur einen Schutzengel gehabt. So unmöglich es schien, diesen Autounfall überleben zu können, ihm war kaum etwas geschehen. Bereits beim ersten Überschlag des Autos war er aus dem Fahrzeug geschleudert worden. Sein großes Glück war es, dass der Bauer des Feldes, in dem er verunfallt war, am Vortag das Getreide geerntet und das Stroh auf einem lockeren Haufen zusammengetragen hatte. Genau in diesem Haufen, dem einzigen nachgiebigen Flecken in weitem Umkreis, war sein Körper gelandet.

Hugo hatte, von einem gebrochenen Handgelenk sowie einigen Prellungen und Schürfwunden abgesehen, keine weiteren körperlichen Schäden davongetragen.

Kapitel 3

Am ersten Oktober des Jahres 1935 warteten acht Personen im Hafen von Haugesund darauf, durch den Notar empfangen zu werden.

Manche hatten bereits Bekanntschaft miteinander gemacht, so etwa Mario Cerutti und Anastasja Koloschenka, Lord Colmsworth und William McLane, und seit dem Landgang in Oslo auch Tex Hakonsson und der alte Reeder Sveinung Kjaergaard.

Emilia Assmann und Doktor Engelmann hatten sich erst in den letzten Minuten auf dem Postschiff vor Haugesund gegenseitig wahrgenommen, da sie bis zum Schluss in den verschiedenen und voneinander getrennten Klassen reisten.

Ein Taxi kam in den Hafen gefahren und der Fahrer entlud einen Koffer. Aus dem Fond stieg Hugo Delahaye aus, mit verschiedensten Pflastern und einem eingegipsten Arm verarztet. Er gesellte sich zu den übrigen Wartenden.

Etwa eine halbe Stunde später kam fußläufig ein wohlgekleideter Mann mittleren Alters, schlanker Statur, und mittelblondem Haar den Weg zum Hafen hinuntergelaufen, in der einen Hand eine Aktentasche, in der anderen Hand einen Koffer tragend.

„Wird das etwa noch ein Erbe sein?", fragte Tex offen mit seiner freien amerikanischen Schnauze. „Wenn das so weitergeht, erbt jeder von uns nur noch Pennys!"

Der Mann postierte sich vor die Gruppe, setzte seinen Koffer zu Boden, entnahm ein Schreiben seinem Aktenkoffer und richtete seinen Blick auf die wartenden Personen.

„Darf ich mich Ihnen vorstellen?", fragte er, ohne eine Antwort zu erwarten. „Mein Name ist Gustav Byrkenes. Ich bin Notar im Amte zu Haugesund. Wenn ich Recht in der Annahme gehe, sind Sie die von mir geladenen Personen in der Erbsache Hakonsson?"

Er überblickte kurz die nickenden Gesichter.

„Sehr gut. Sie sind anscheinend vollzählig erschienen. Das erleichtert die Abwicklung ungemein. Ich bin zu Lebzeiten des Verblichenen damit betraut worden, nach dessen Versterben die Erben zu ermitteln und das Testament zu eröffnen. Da der Verstorbene keine unmittelbaren Nachfahren hatte, sind Sie als rechtmäßige

Erben ermittelt worden. Sie alle stammen demnach auf dem einen oder anderen Wege von der Familie Hakonsson ab. Nähere Details möchte ich Ihnen jedoch erst später eröffnen. Der Wunsch des Verstorbenen war es, die Erben zur Testamentseröffnung auf dem Familiensitz zu versammeln. Zu diesem Zwecke haben wir uns hier zusammengefunden. Wir werden sogleich mit einem Boot zu dem Familiensitz Urterborg gebracht, wo wir eine Weile verbleiben werden.

Dieses alte Gemäuer befindet sich auf der Insel Urter, wie Sie meinem Schreiben bereits entnehmen konnten. Dort ist alles für Ihren Empfang hergerichtet.

Nähere Details, ich wiederhole mich, werden Sie dann später erfahren. Bitte folgen Sie mir!"

Der Notar verstaute sein Schreiben in der Aktentasche, nahm seinen Koffer und deutete den Anwesenden, ihm zu folgen.

Sie bestiegen eine Barkasse und nahmen an Deck Platz, da das Wetter dies glücklicherweise erlaubte.

Stampfend legte das Boot ab und steuerte aus dem Hafen.

Emilia Assmann, die ohnehin nicht von besonderer Gesundheit und deren erste Bootsfahrt dies war, kämpfte bereits schnell mit der Seekrankheit und zog es vor, einen Platz an der Reling einzunehmen, der ihr für den Fall des Falles eine Gelegenheit bot, sich dem Notwendigen möglichst ohne Belästigung der Mitreisenden zu entledigen.

Im Übrigen wurde die Bootfahrt dazu genutzt, um sich untereinander bekannt zu machen.

Tex Hakonsson hatte neben Mario Cerutti Platz genommen und unterhielt sich angeregt mit ihm. Ihnen beiden war eine offene Art gemein, die dafür sorgte, dass sich schnell Sympathien füreinander entwickelten.

Hugo fand durch seine arrogante Art zügelloser Lebensführung bei den Übrigen wenig Anklang, so dass er nur aus zweiter Reihe bei anderen Gesprächen mithörte.

Anastasja fand bei Lord Colmsworth einen Gesprächspartner, bei dessen höfischer Manier sie sich Dank ihrer Erziehung beim russischen Hofe gut finden konnte. So kreisten ihre Gespräche auch schnell über die Entwicklung und den Verfall der Aristokratie in Europa, gleichermaßen fanden Anastasjas finanzielle Quellen in Afrika interessiertes Gehör bei dem klammen englischen Lord.

Es dämmerte bereits der Abend, als sie endlich, -das norwegische Festland war bereits seit längerer Zeit außer Sicht-, auf die Insel Urter zusteuerten.

Bei der Insel Urter handelte es sich um eine schroffe, felsige Insel, die seit Jahrtausenden den unwirtlichen Bedingungen der norwegischen See trotzte. Auf ihr wuchsen ein paar windschiefe Nadelbäume und an ihrer Nordseite thronte seit vielen Jahrhunderten die Burg Urterborg, ein altes Gemäuer mit einem Hauptturm und zwei Nebenflügeln, zu allen Seiten ausgestattet mit alten Schießscharten und stabilen Verteidigungsmauern.

„Dies ist die Urterborg auf der gleichnamigen Inselgruppe", hörten sie den Notar referieren. „Sie bildet eines Teil Ihres Erbes. Die Urterborg ist seit über eintausend Jahren in den Händen Ihrer Vorfahren. Die Hakonssons entstammen einem alten Wikingergeschlecht und waren früher vor allem mit Raubtum zur See und in Übersee beschäftigt. Die Urterborg bot ihnen ihrerseits jahrhundertelang Schutz vor Feinden und Neidern. Aufgrund ihrer exponierten Stellung blieben die Hakonssons auf Urter lange Zeit unabhängig und wurden erst mit der Unabhängigkeit Norwegens vor dreißig

Jahren in das Königreich eingegliedert. Die lange Souveränität war ein Vorteil, der sich durch, wenn ich das sagen darf, sicherlich nicht ganz lautere Machenschaften in einem nicht unbedeutenden Vermögen der Familie niederschlug.

Wie dem auch sei, der letzte lebende, direkte Nachfahre der Familie, Erik Hakonsson, ist ohne Nachkommen verschieden.

Dies alles wird, soviel werde ich vorwegnehmen können, nach der Testamentsverkündung unter Ihnen aufzuteilen sein. Wir werden jetzt im Westen der Insel in einer schmalen Bucht anlanden. Bitte nehmen Sie Ihr Gepäck an sich und steigen dann den Weg zur Urterborg hinauf. Sie werden dort bereits erwartet."

Die Barkasse steuerte in eine Bucht, die kaum breiter war, als sie selbst, und wurde durch die seitlichen Fender vor weiterem Schaden an den schroffen Felsen geschützt.

Während sich die Gesellschaft noch wunderte, wie sie in dieser engen, schroffen Bucht einen Weg hinauf finden sollten, wies der Notar durch Handzeichen den Weg in den Felsen hinein. Auf der Backbordseite der Barkasse tat sich ein in den Fels gehauener Gang auf, der sich bei näherer Betrachtung als eine Treppe entpuppte, die durch das Gestein zum oberen Inselplateau führte.

„Eine simple, aber äußerst effektive Verteidigungsanlage!", schlussfolgerte McLane scharfsinnig. Es bedurfte in früheren Zeiten nicht viel, um diese Insel uneinnehmbar zu machen. Da die schroffe Küste der Insel so gut wie keinen schnellen Aufstieg ermöglichte, brauchte man letztlich nur den Treppengang zu bewachen und zu verteidigen. Es musste in früheren Zeiten ein geradezu aussichtsloses Unterfangen gewesen sein, die Burg anzugreifen.

Nachdem alle ausgestiegen und den Treppengang auf das obere Plateau durchquert hatten, -Tex hatte sich bereiterklärt, den Koffer des lädierten Hugo zu tragen-, lud der Bootsmann noch eine Vorratslieferung aus und steuerte die Barkasse wieder aus der schmalen Felsenbucht hinaus.

Dr. Engelmann, der das Boot wegfahren sah, wandte sich an den Notar.

„Bleibt die Barkasse nicht hier bei der Insel? Was ist, wenn wir wieder hier weg möchten?"

„Die Barkasse steuert Urter einmal in der Woche an, um

Vorräte zu liefern oder Personen zu befördern. Dies war jedoch selten notwendig, da der alte Hakonsson Urter in den letzten Jahrzehnten nur sehr selten verlassen hat", antwortete Byrkenes. „Aber machen Sie sich keine Sorgen, die Insel verfügt seit etwa zwanzig Jahren über eine Funkanlage. Wenn ein vorzeitiger Transfer benötigt wird, können wir den Bootsmann herbeimorsen. Ich gehe allerdings nicht davon aus, dass dies nötig sein wird. Ihr Aufenthalt ist ohnehin auf eine Woche angelegt."

„Bitte folgen Sie mir dann in die Burg!", rief der Notar der Gruppe zu, die sich vor dem Haupttor versammelt hatte.

In der Eingangshalle erwartete die Angereisten ein älter Herr mit kerzengerader Statur, etwa siebzig Jahre alt, sauber gekleidet mit schwarzem Frack, weißem, gestärktem Hemd und schwarzer Fliege, sowie eine Hausdame, nicht viel jünger, mit grauem Haar und sauberer Schürze.

Der ältere Herr verbeugte sich kurz.

„Darf ich mich Ihnen vorstellen? Mein Name ist James Cunningmore und dies ist meine Ehefrau, Alma Holgersson", er zeigte auf die Dame neben sich. „Wir sind die Hausangestellten des Verstorbenen und stehen zu Ihren Diensten! Wir werden uns bemühen, Ihren Aufenthalt so angenehm wie möglich zu gestalten."

Cunningmore lief, trotz seines fortgeschrittenen Alters, mit präzise abgemessenen Schritten in die Mitte der Halle, dann drehte er sich zu den Anwesenden um.

„Bitte lassen Sie Ihre Koffer stehen, wir werden sie auf Ihre Zimmer bringen. Sie dürfen mir nun in den Speisesaal folgen, wir haben bereits die Tafel für Sie angerichtet!"

Hugo Delahaye, dessen größte Tugenden Anstand und Zurückhaltung nicht waren, betrat bereits vor dem Diener den Saal und nahm zugleich Platz. Ihm folgten in kurzem Abstand Tex Hakonsson, Mario Cerutti, Anastasja Koloschenka, Sveinung Kjaergaard, Friedrich Engelmann, Lord Colmsworth, William McLane und Gustav Byrkenes. Mit einem kleinen Abstand betrat schließlich auch Emilia Assmann den Saal und nahm an der eingedeckten Tafel Platz.

Sogleich kam die Haushälterin, Alma Holgersson, mit einem Servierwagen hinein und servierte das Mahl.

„Rindsbrühe mit Pilzen!", freute sich Tex und schlug seine

Hände reibend zusammen. „Das fängt ja gut an!"

Lord Colmsworth warf ihm einen leicht verächtlichen Blick zu, der aber unbemerkt blieb. Es war jedoch nicht zu übersehen, dass er sich über das aus seiner Sicht ungehobelte Verhalten dieses kulturlosen Amerikaners ärgerte. Mit einem solchen Cowboy sollte er sein Blut teilen? Dieser Gedanke war ihm zuwider.

Dennoch kam während der Vorspeise unter der sich noch weitgehend unbekannten Gesellschaft eine gesittete Unterhaltung in Gang. Lediglich Emilia Assmann gab nur das Nötigste, und dies auch nur auf Nachfrage, von sich preis.

McLane folgte der Unterhaltung sehr interessiert, konnte er sich doch auf diesem Wege bereits ein Bild der Anwesenden machen. Sein Kopf verarbeitete alle Informationen analytisch, so wie er es aus vielen Jahren bei Scotland Yard gewöhnt war. Er konnte sich gar nicht dagegen wehren.

McLane war einigen der Gesellschaft bereits ein Begriff. In den Zeitungen der letzten Jahrzehnte war man nicht umhin gekommen, hier und da seinen Namen in den bekannteren Mordfällen Schottlands zu erwähnen.

Gustav Byrkenes folgte der Unterhaltung, ohne sich in sie einzumischen. Seine Position als Notar verlangte ohnehin Neutralität. Er war hier, um seiner Arbeit nachzukommen.

Er betrachtete derweil die schöne, hölzerne Vertäfelung des Speisesaales und die heidnisch-christlichen Schnitzkünste in den Deckenkassetten, die für das historische Norwegen so typisch waren.

An den Wänden hingen mehrere Gemälde, die vermutlich Vorfahren der Hakonssons zeigten. Einflussreiche Personen, die in der Frühzeit das nördliche Europa verunsichert hatten.

Als der Hauptgang serviert wurde, ein geräuchertes Schollenfilet mit feinen Kartoffelscheiben, lockerte sich die Stimmung der Gesellschaft bereits. Die erste Annäherung der Anwesenden untereinander war offensichtlich erfolgreich verlaufen. Engelmann referierte über die Heilung gewisser, zur Sprache gekommener Erkrankungen, während McLane auf Nachfrage Einblick in einige seiner bekanntesten Untersuchungen gab. Tex Hakonsson und Mario Cerutti, beide geborene Geschäftsleute, hatten auch eine gemeinsame Wellenlänge gefunden. Lord Colmsworth hatte in Sveinung Kjaergaard einen Gesprächspartner erkannt, mit dem er sich manierlich unterhalten konnte. Hugo wurde ein wenig links liegen gelassen, da niemand die Lust verspürte, seinen arroganten und aufschneiderischen Erzählungen zu folgen. Assmann begnügte sich weiterhin als Zuhörerin. Sie wurde auch nicht recht in der Gruppe wahrgenommen. James Cunningmore servierte in mehreren Runden Weißwein und tauschte die Servietten aus. Lord Colmsworth waren die tadellosen Qualitäten dieses Butlers schnell aufgefallen. Wäre er in der Lage gewesen, sich solches Personal leisten zu können, so hätte er diesen Mann gerne zukünftig auf eigene Rechnung beschäftigt. Ihm war unterdes nicht entgangen, dass dieser Herr seine Wurzeln nicht in Norwegen, sondern seinem schönen England haben musste. Doch entsprach es nicht seiner Stellung, mit einem Diener eine Konversation anzugehen, weshalb er es unterließ, ihn auf seine Herkunft anzusprechen.

Als sich das Mahl dem Ende neigte, betrat Cunningmore den Speisesaal und wandte sich an die Gäste.

„Wie es den Herrschaften beliebt, können Sie nun einen Spaziergang über die Insel oder eine Pause auf Ihrem

Zimmer machen. Für den Fall, dass die Herrschaften sich gemeinsam zurückziehen möchten, stehen nebenan im Rauchersalon Zigarren und Brandy für Sie bereit."

Emilia Assmann zog es vor, ihr Zimmer zu begutachten.

Ihr schloss sich der Reeder Sveinung Kjaergaard an, der es wegen seines Alters vorzog, nach der Anreise eine Weile zu ruhen.

Alma begleitete die Beiden über die breite, hölzerne Treppe im Foyer in den ersten Stock. Sie führte sie links in einen Gang, von dem aus die Gästezimmer betreten werden konnten.

In den Zimmern standen bereits die Koffer, die sie in der Eingangshalle stehen gelassen hatten.

Cunningmore und Holgersson hatten die Gepäckstücke, während die Gäste dinierten, bereits in die vorbereiteten Zimmer gebracht.

In ihren Zimmern fanden Assmann und Kjaergaard ihre sauber bezogenen Betten, Handtücher, fein gestärkt und gefaltet, sowie einen frischen Strauß Blumen vor. Kjaergaard war gleich aufgefallen, dass diese Blumen sicher nicht von dieser kargen Insel stammen konnten, sondern mit der Barkasse vom Festland mitgebracht worden waren. Holgersson war eine gute Hauswirtschafterin.

Der alte Kjaergaard zog sich die polierten Schuhe und sein Jackett aus und legte sich, nachdem er die Tür verschlossen hatte, auf das Bett, um zu ruhen. Es dauerte nicht lange, da war der alte Reeder eingeschlafen.

Emilia Assmann hatte ihr Fenster geöffnet und sich einen Stuhl herangezogen. Sie schaute auf die karge Insel hinaus und genoss die salzige Brise, die durch die Öffnung wehte. Sie war erst ein Mal am Meer gewesen. Damals war sie noch ein Kind und hatte ein Lungenleiden. Man hatte sie für zwei Wochen zur Kur an die Nordsee gebracht. Der Geruch der See weckte unmittelbar ihre Erinnerungen. Sie dachte an das Kindersanatorium mit den strengen Nonnen, in dem sie damals untergebracht war. Es waren keine schönen Erinnerungen. Die Nonnen waren streng und kaltherzig. An die Stockschläge, die sie für geringe Verfehlungen geerntet hatte, erinnerte sie sich auch heute noch mit schmerzlichem Gefühl.

Doch heute war sie erwachsen. Dies war diesmal ihr Moment. Heute durfte sie durch niemanden mehr geschlagen werden, heute konnte sie die Brise genießen.

Mit ihrem Erbe, auf das es groß ausfallen möge, würde sie noch einmal ganz neu beginnen, ein neues Leben.

Dort unten sah sie Tex Hakonsson und Mario Cerutti spazieren. Die beiden unterhielten sich angeregt. Warum fanden bloß alle Leute hier so schnell Anschluss? Mit ihr hatte den ganzen Tag kaum einer mehr als eine belanglose Floskel, die über die allgemeine Höflichkeit hinausging, gewechselt.

Sie sah Alma mit einem Korb in der Scheune hinter der Burg verschwinden. Für einen Moment dachte sie auch Hugo erblickt zu haben, doch dies war so kurz, dass sie ihn nicht richtig erkennen konnte. Was war dies doch für ein unangenehmer, vorlauter Mensch!

In der Ferne zogen dunkle Wolken auf. Das Wetter würde sicher bald umschlagen.

Sie schloss, erschöpft von den Anstrengungen der Reise, die Augen. Bald schon war sie auf ihrem Stuhl eingenickt.

Anastasja Koloschenka war unterdessen im Badezimmer des Flures verschwunden. Sie zog es vor, sich nach dem Essen frisch zu machen. Dort verbrachte sie eine ganze Weile.

William McLane, Dr. Engelmann und Lord Colmsworth hatten im Rauchsalon Platz genommen. Hier standen gemütliche, lederne Sessel zur Verfügung, in denen sie einsanken. Engelmann stochte den offenen Kamin an, über dem zwei alte, schwere Schwerter mit Wikingerrunen in den Handgriffen hingen, die sicherlich schon seit vielen hundert Jahren an diesem Platz ruhten. In dem Kamin lagen bereits ein paar Holzscheite vorbereitet. Die dicken Mauern dieser alten Burg waren kühl.

Auch der Rauchsalon war im unteren Bereich holzvertäfelt, darüber prankte eine prächtige alte, grüne Ornamenttapete, die dem Salon ein würdiges und gediegenes Ambiente verlieh. In der Mitte des Raumes hing ein verzierter Kronleuchter. Die Glühbirnen erleuchteten die geschnitzte Decke.

McLane fragte sich direkt, wie der elektrische Strom wohl auf die Insel kam. Dem wollte er aus Interesse bald einmal nachgehen.

Auch im Rauchsalon hingen Ahnengemälde. Jeder Hakonsson, der auf Urter gelebt hatte, war in dieser Burg verewigt worden.

Colmsworth und Engelmann hatten sich an der

Zigarrenkiste auf dem Beistelltisch bedient und waren bald umgeben von blauen Rauchschwaden, McLane hatte sich seine Pfeife gestopft.

„Ich frage mich,", begann Engelmann das Gespräch, nachdem er eine Wolke blauen Dunstes ausgestoßen hatte, „wann uns der Notar nun die Einzelheiten der Erbschaft eröffnet. Darum sind wir doch schließlich hier, nicht wahr?"

Lord Colmsworth nickte. Dies interessierte ihn brennend, vor allem aufgrund seiner angespannten finanziellen Lage. Doch dies wollte er sich nicht anmerken lassen. Er nickte.

„Das wird er uns sicher in Kürze eröffnen."

„Mir sagte er, unser Besuch hier ist auf eine Woche ausgerichtet. Erst dann wird das Boot uns wieder abholen", warf Engelmann ein.

„Das wird sicherlich seine Gründe haben", war sich McLane sicher. „Ich für meinen Teil habe keine Pläne."

„Die habe ich auch nicht", antwortete Lord Colmsworth, „allerdings möchte ich binnen drei Wochen wieder zurück in England sein, dann habe ich die nächste Sitzung im Oberhaus." Er schwieg einen kurzen Moment. „Es ist doch kaum zu glauben, dass wir alle miteinander

66

verwandt sein sollen, nicht wahr? Wenn ich mir vorstelle, dass ich diesen Delahaye zu meiner Verwandtschaft zählen müsste, nicht auszudenken! Eine sehr unangenehme Person. Und dieser Italiener ist doch sicher einer der größten Maffiosi Südeuropas. Und zu allem Überfluss auch noch dieser ungehobelte Amerikaner!"

„Wir können nicht alle der englischen Aristokratie entspringen, werter Lord!", entgegnete ihm McLane nüchtern. „Ein jeder führt sein Leben, so wie es ihm in die Wiege gelegt wird."

Die Salontür öffnete sich und Delahaye betrat den Raum. Er grüßte kurz, nahm sich eine große Zigarre und zog sich in einen Sessel in einer Ecke des Raumes zurück. An einer Kerze, die auf dem Tisch stand, zündete er sie laut paffend an. Colmsworth, der dies unauffällig aus dem Augenwinkel beobachtete, rollte mit den Augen und räusperte sich. Doch Hugo reagierte gar nicht auf die Anspielung seiner fehlenden Etikette.

Nach etwa sechs oder sieben Zügen an der Zigarre legte er sie in den Aschenbecher und schloss die Augen. Bald schon füllte ein vernehmbares leises Schnarchen den Raum.

„Unmöglich, dieser junge Mann!", schnaubte Lord Colmsworth.

„Nur die Ruhe bewahren!", entgegnete Dr. Engelmann dem aufgebrachten Lord. „Glauben Sie mir, das ist schlecht für Ihr Herz. Sie wollen die Erbschaft doch sicher noch erleben!", lachte er.

Colmsworth nickte und zog an seiner Zigarre. Nein, er wollte sich durch den jungen Franzosen nicht aus der Ruhe bringen lassen.

„Gentleman,", er stand auf, „ich werde vor dem Abendessen noch meine Kammer in Augenschein nehmen. Sie entschuldigen mich!"

Er legte die Zigarre nieder und verließ den Salon.

„Der gute Lord ist nicht von der geduldigen Sorte!", bemerkte McLane mit einem Lächeln.

„Wohl wahr!", entgegnete Dr. Engelmann. Er deutete auf den schlafenden Delahaye, der in seinem Schlaf mit den Füßen scharrte. „Was halten Sie als erfahrener Ermittler mit großer Menschenkenntnis von diesem jungen Herrn?"

McLane sah hinüber und dachte kurz nach.

„Ich halte nicht viel von Spekulationen oder Vorverurteilungen."

Ein Rauchwölkchen stieg aus seiner Pfeife.

„Aber wenn ich einen Mordfall zu untersuchen hätte, würde ich ihn sicherlich genauer unter die Lupe nehmen. Nach meinem ersten Eindruck geht mit ihm nicht alles ganz koscher zu. Was halten Sie denn von ihm?"

Dr. Engelmann betrachtete den schlafenden Delahaye.

„Er hat einen unruhigen Schlaf!"

Tex Hakonsson und Mario Cerutti erkundeten das Eiland. Sie benötigten dazu nicht ganz eine Stunde, um die gesamte Insel abzulaufen. Bis auf ein paar windschiefe Bäume, Moos und wilde Wiesen bestand diese Insel nur aus den Felsen, die Urterborg aus dem Meer hoben. Auf ihr stand lediglich die alte Burg, hinter der Burg eine alte, etwas windschiefe Scheune, ein paar mit behauenen Steinen gepflasterte Wege, ein metallener Mast, der wohl aus neuerer Zeit datierte, ein Teich, der wohl auch, an einer Leitung zu erkennen, die Trinkwasserversorgung auf Urter sicherstellte und ein mit jahrhundertealten Grabsteinen versehener Friedhof, auf dem die Hakonssons der vergangenen tausend Jahre begraben zu sein schienen. Urter war, kurz zusammengefasst, eine schroffe, felsige und karge Insel im Nordmeer, gegen deren Klippen unaufhörlich die Wellen schlugen.

Die Insel musste in früheren Zeiten tatsächlich eine sichere Zuflucht für das alte Wikingergeschlecht gewesen sein. Tatsächlich gab es, bis auf den durch den Fels gehauenen Treppenaufgang, keine fußläufige Möglichkeit, um auf das oben gelegene Plateau zu kommen.

Bis auf steile Felskanten und mehrere Felsspalten, die in die Insel einschnitten, hatte die Insel keine weitere Küste zu bieten. Ein idealer Ort, um sich Jahrhunderte auf ihr zu verschanzen.

„Das war doch eine kluge Räuberbande, unsere Vorfahren!", lachte Tex. Cerutti lachte gerne mit. Er fühlte sich in seinem Gefühl bestätigt, dass er der rechtmäßige Nachfolger dieser Räuber sein musste. Denn sein Geschäft in Italien musste man letztendlich doch mit den gleichen Mitteln betreiben. Er spürte, dass es seine Wikingergene waren, die ihn zu diesem lukrativen Geschäft in Neapel befähigten.

„Ja, wir sind in unserer Familie doch geschäftstüchtige Leute!", antwortete Cerutti.

„Wem sagen Sie das!", sagte Tex und schlug Mario auf

die Schulter. „Wir sind aus einem Holz geschnitzt."

Hugo war wieder erwacht. Nachdem er seine Sinne gesammelt hatte, erhob er sich aus dem Sessel und nahm Platz, wo zuvor Lord Colmsworth gesessen hatte.

„Sie schlafen sehr unruhig, junger Freund!", sagte Engelmann, um die Stille zu brechen. „Haben Sie das mal untersuchen lassen?"

Delahaye schüttelte den Kopf.

„Wovon haben Sie denn eigentlich die ganzen Schrammen und den Gipsarm?", bohrte Engelmann weiter. Dies tat er aus Interesse, bot es ihm doch eine Möglichkeit, mit seinem Wissen zu glänzen.

„Ein Autounfall, auf der Reise!", antwortete Hugo.

Er wandte sich an McLane.

„Nehmen Sie auch private Ermittlungsaufträge an?"

McLane betrachtete ihn ein wenig argwöhnisch.

„Ich bin im Ruhestand. Für gewöhnlich nicht."

Er ließ den Rauch seiner Pfeife durch die Lippen strömen.

„Wieso fragen Sie denn?"

„Ich denke, dass der Autounfall kein Unfall war!"

McLane hob die Augenbrauen. „Wieso glauben Sie das?"

Delahaye erzählte kurz seine Geschichte. Seine Geschäfte ließ er allerdings außen vor.

McLane hörte stumm zu. Engelmann zog an seiner Zigarre.

Nachdem Delahaye fertig war, nahm McLane die Pfeife aus dem Mund.

„Sie gehen also davon aus, dass ihr Auto manipuliert wurde?"

Hugo nickte.

„Dann stelle ich Ihnen als Ermittler die Frage: Wer hat denn einen Grund, ihr Auto zu manipulieren und warum?"

„Das kann ich Ihnen nicht sagen."

„Das wollen Sie mir nicht sagen!"

Hugo schwieg.

„Das lässt für mich den Schluss zu, dass Ihre Geschäfte nicht in den Grenzen der Legalität stattfinden. Und das bedeutet, dass ich Ihnen sicher nicht meine Dienste anbieten werde. Aber Sie bekommen von mir einen Ratschlag. In der Familie, sozusagen. Sie sollten sich zum einen von der Unterwelt fernhalten, denn dort wird niemals gerecht abgerechnet. Glauben Sie mir. Und zum zweiten sollten Sie dafür sorgen, dass Sie sich Ihre Feinde wieder zu Freunden machen, denn die sehen sicher nicht gerne, dass Sie immer noch unter uns weilen. Vermutlich kostet Sie das viel Geld, aber das sollte Ihnen Ihr Leben doch Wert sein, nicht wahr?"

Hugo wirkte auf einmal nachdenklich.

„Und wenn ich Ihnen einen Rat als Mediziner geben darf,", warf Engelmann ein, „wenn Sie weiter so fahren, dann leben Sie ebenfalls nicht mehr lange, egal ob Sie jemand umbringen möchte oder nicht. Ich habe Sie fahren sehen. Jawohl. Dass Sie noch leben, grenzt an ein Wunder. Das nächste Mal wird man Sie möglicherweise nicht mehr zusammenflicken können!"

Kapitel 4

Der Himmel hatte sich verdunkelt, als Cunningmore zur Abendtafel läutete. Regen prasselte gegen die Fenster. Das Wetter war vollkommen umgeschlagen.

Langsam versammelten sich die Gäste wieder in dem vertäfelten Speisesaal.

Emilia Assmann war durch die ersten Regentropfen wach geworden, die auf ihr Gesicht trafen, während sie am geöffneten Fenster eingeschlafen war. Sie hatte sich eine frische Bluse angezogen und im Badezimmer ihr Haar gekämmt. Puder oder ähnliche Eitelkeiten gönnte sie sich nicht, weshalb sie nach dem Putzen ihrer Zähne für das abendliche Dinner vorbereitet war.

Anastasja Koloschenka benötigte für ihre Vorbereitung mehr Zeit. Sie hatte sicherlich eine ganze Stunde im Badezimmer verbracht, bevor auch sie eine Runde über die Insel spaziert war. Später war sie mit Tex und Cerutti zusammengetroffen und hatte sich an ihrer Unterredung beteiligt.

Sie alle betraten nun nach und nach den Saal und nahmen

an der frisch eingedeckten Tafel Platz, nachdem sie sich in ihren Zimmern eingerichtet hatten.

Zuletzt betrat Hugo Delahaye den Raum, der diesmal wesentlich nachdenklicher erschien, als er es bislang gewesen war.

Ein Platz blieb allerdings leer.

„Weiß jemand, ob sich Herr Kjaergaard verspätet? Hat jemand mit ihm gesprochen?", fragte der Notar in die Runde.

Die Gäste schüttelten den Kopf. Niemand hatte den alten Reeder nach dem Ankunftsmahl mehr gesehen.

„Ich werde ihn holen", sagte Dr. Engelmann. „Sicherlich hat er die Glocke nicht gehört. Der gute Herr ist ja nicht mehr der Jüngste."

Friedrich Engelmann verließ den Saal. James Cunningmore reichte unterdessen die Vorspeise, die Alma in den Raum gebracht hatte.

„Cremesuppe mit Steinpilzen, hervorragend!", rief Tex Hakonsson verzückt in die Runde. Lord Colmsworth rollte mit den Augen.

„Sie müssen nicht jeden Gang kommentieren!", wies ihn Colmsworth mit ruhiger Stimme, aber sichtlich irritiert, zurecht.

„Wieso das denn?", entgegnete der Amerikaner etwas unverständlich. „Wenn die Speisen so vorzüglich sind, darf die Köchin doch auch gerne erfahren, dass es mich freut!"

Er nickte komplimentös zu Alma Holgersson. Sie lächelte und knickste höflich. Lord Colmsworth schwieg. Diese Amerikaner waren unbelehrbar.

Dr. Engelmann trat wieder ein.

„Die Zimmertür des Herrn Kjaergaard ist verschlossen. Auf mein Klopfen und Rufen reagiert er nicht. Ist es möglich, dass er sich vielleicht irgendwo anders aufhält?"

„Ich habe ihn heute Nachmittag in sein Zimmer gehen sehen", sagte Emilia Assmann etwas schüchtern. „Frau Holgersson kann das bestätigen."

Alma Holgersson nickte, ohne etwas zu sagen.

„Draußen wird er sich sicher nicht mehr aufhalten", sagte McLane und wies auf die Fenster, gegen die der Regen inzwischen in Strömen prasselte.

„Gibt es eine Möglichkeit, in seinem Zimmer nach dem

Rechten zu sehen?", fragte Cerutti an Cunningmore gewandt.

„Ich könnte versuchen, das Schloss aufzusperren", antwortete der Butler.

„Tun Sie das!", bittete McLane.

„Ich werde in der Scheune Werkzeug holen."

Cunningmore verschwand.

„Ich hoffe, dem alten Herren geht es gut!", sagte Assmann leise.

Koloschenka saß mit unveränderter Miene an der Tafel. Besorgnis war nicht ihre Art.

McLane war nicht beunruhigt, er wartete erst die Fakten ab.

Dr. Engelmann startete inzwischen einen Vortrag über die gesundheitlichen Risiken des alternden Körpers.

Nach einer Weile kam Cunningmore zurück, durchnässt von dem Unwetter dort draußen, aber mit einer Werkzeugkiste in seiner Hand.

„Würde jemand mitkommen?", fragte Cunningmore. „Ich öffne ungern ein privates Zimmer ohne einen Zeugen."

„Ich werde mit Ihnen gehen!", antwortete McLane. „Dr. Engelmann, würden Sie mich begleiten?"

„Selbstverständlich!"

Dr. Engelmann trank einen Schluck Wein und erhob sich.

Gemeinsam mit dem Butler verließen sie den Speisesaal und gingen die große Treppe hinauf in den Zimmertrakt.

Cunningmore klopfte an die Zimmertür.

„Herr Kjaergaard? Sind sie da?"

Es kam keine Antwort.

„Öffnen Sie!", sagte McLane.

Cunningmore öffnete seinen Werkzeugkasten und machte sich an dem Schloss zu schaffen. Kurze Zeit später gab die Tür bereits nach.

McLane betrat als erster den Raum.

Sveinung Kjaergaard lag auf seinem Bett. Das Jackett und seine Schuhe standen an dem gleichen Platz, an dem er sie ausgezogen hatte. Das Fenster stand offen, der Regen und der Wind peitschten und pfiffen in den Raum hinein.

Dr. Engelmann beugte sich über den alten Reeder und fühlte den Puls. Dann sah er auf.

„Herr Kjaergaard ist tot!"

„Sind Sie sich sicher?", fragte Cunningmore erschrocken.

Dr. Engelmann schaute ihn an. „Ich bin Arzt. Wenn ich Ihnen sage, dass der Mann tot ist, dann wird er sicher nicht gleich wieder aufwachen!"

„Ich werde wohl erst einmal das Fenster schließen!", sagte Cunningmore etwas benommen.

„Nein, lassen Sie das!", befahl ihm McLane. „Solange wir uns nicht sicher sind, woran Herr Kjaergaard verstorben ist, können wir auch nicht vollständig ausschließen, dass hier ein natürlicher Tod vorliegt. Dann wäre das hier ein Tatort und Sie würden die Spuren verwischen!"

„Sie denken, Herr Kjaergaard wurde ermordet?", fragte Cunningmore erschrocken.

„Nein, das habe ich nicht gesagt. Ich sagte nur, dass wir noch nicht wissen, woran er verstorben ist. Und bis dahin sollten wir mit der gebotenen Vorsicht vorgehen." Er wandte sich an Dr. Engelmann.

„Können Sie erkennen, woran der werte Herr verstorben ist?"

„Das ist ohne eine eingehendere Untersuchung nicht zweifelsfrei festzustellen", antwortete Engelmann. „Er war alt, also würde ich grundsätzlich auf Herzversagen tippen."

„Aber das ist nicht sicher?", hakte McLane nach.

„Nein, zweifelsfrei kann ich das natürlich nicht feststellen.

Aber ich kann auch kein Anzeichen dafür feststellen, dass es nicht so ist."

„Warum ist das Fenster geöffnet?", fragte McLane bedenklich, mehr zu sich selbst.

„Es könnte durch den Wind aufgeflogen sein", antwortete Cunningmore. „Das ist schon einmal passiert, die Verschlüsse sind schon sehr alt. Wenn es nicht richtig geschlossen wurde, kann es bei schlechtem Wetter durch den Wind aufschlagen."

„Es könnte aber auch von außen aufgestoßen worden sein?", fragte McLane. Es klang allerdings mehr wie eine Feststellung.

„Herr McLane, glauben Sie, es ist ein Mörder unter uns?", fragte Cunningmore.

„Ich glaube gar nichts, bis ich es weiß!", antwortete McLane. „Aber ich schließe grundsätzlich auch nichts aus. Alte Berufskrankheit!"

Er untersuchte das Fenster. Dann nahm er ein Taschentuch aus seinem Jackett und verriegelte damit sorgfältig das Schloss, um keine Spuren zu verwischen.

„Verschließen wir wieder die Tür", sagte McLane. „Herr Cunningmore, ist es möglich, einen Morsespruch zum

Festland abzusetzen? Die Sache sollte offiziell untersucht und die Leiche fortgebracht werden."

Das Zimmer wurde durch einen Blitz hell erleuchtet. Ein lautes Donnerkrachen drang durch die dicken Mauern und ließ die alten Glasscheiben vibrieren.

McLane und Engelmann zuckten kurz erschrocken zusammen.

„Sorgen Sie sich nicht,", beruhigte Cunningmore, „die Gewitter sind meist heftiger hier mitten auf See. Der Donnerhall erscheint lauter, weil er nicht durch Häuser und Bäume geschluckt wird. Daran gewöhnt man sich. Schließlich ist es doch nur ein Gewitter. Das kommt hier häufig vor. Wir werden gleich zum Festland morsen. Sobald sich die See wieder beruhigt hat, wird man dann mit der Polizei herüberfahren."

„Danke!", sagte McLane, immer noch erstaunt über die Wucht des Donners. „Gehen wir wieder zu Tisch. Wir sollten zunächst speisen und die übrigen Anwesenden informieren!"

Sie verließen den Raum. McLane sperrte die Tür mit dem Schlüssel ab, den er mit seinem Taschentuch anfasste, wickelte diesen danach sorgfältig ein und verstaute ihn in seiner Westentasche.

Dann gingen sie wieder in den Speisesaal.

„Haben Sie Kjaergaard gefunden?", fragte Tex, als die drei Männer wieder den Saal betraten. „Ist er wohlauf?"

„Wir haben Kjaergaard gefunden", bestätige McLane. „Allerdings ist er nicht wohlauf!"

„Was fehlt dem Herren?", fragte Lord Colmsworth.

„Der Herzschlag!", antwortete McLane trocken. „Er ist tot."

Ein Raunen ging durch den Saal.

Hugo Delahaye zitterte. Anastasja verzog keine Miene. Emilia Assmann nahm erschrocken die Hände vor ihr Gesicht, ihre Augen wurden feucht. Mario Cerutti war still. Der Notar schaute erstaunt auf.

„Tot, sagen Sie?"

Tex durchbrach die kurze Stille.

„So ist es", antwortete Engelmann.

„Woran ist er denn verstorben?", fragte Lord Colmsworth.

Engelmann wollte bereits antworten, da legte McLane beschwichtigend die Hand auf seine Schulter.

„Vermutlich Herzversagen!"

Engelmann verstand sofort. Entweder, McLane wollte die

Anwesenden nicht unnötig mit seinen freien Vermutungen beunruhigen, oder er wollte sich die Unwissenheit der Gäste für seine Ermittlungen bewahren. Er schwieg.

„Der arme alte Mann!", sagte Emilia leise.

„Wir sollten nun zuerst speisen", sagte McLane und nahm Platz. „Wir können nun nichts ausrichten. Nach dem Essen werden wir zum Festland morsen, dann wird man nach dem Unwetter ein Boot schicken."

Die Gesellschaft nahm das Abendessen ein. Das Thema der Tischgespräche drehte sich allerdings erwartungsgemäß nur um das Ableben des alten Reeders.

Vor den Fensterscheiben tobte das Unwetter. Grelle Blitze erleuchteten den Speisesaal.

Nachdem der Hauptgang durch Alma und James Cunningmore abgeräumt wurde, stand Notar Byrkenes auf und tippte mit seinem Messer gegen das Weinglas.

Es wurde ruhig. Alle Augen richteten sich erwartungsvoll auf ihn.

„Verehrte Anwesenden. Ich möchte Sie alle nun offiziell auf Urterborg begrüßen.

Tragischerweise muss ich, auch in meiner Eigenschaft als Notar in der Sache der Erbschaft Hakonsson, feststellen, dass Herr Sveinung Kjaergaard am heutigen Tage von uns gegangen ist. Ich halte es für ehrerbietig, eine Schweigeminute einzulegen und dem Verstorbenen zu gedenken!"

Stille erfüllte den Saal. Schließlich nahm der Notar das Wort wieder auf:

„Trotz dieses bedauerlichen Umstandes möchte ich Sie alle in meiner Eigenschaft als öffentlich bestellter Notar der Stadt Haugesund über das weitere Vorgehen in Ihrer Erbangelegenheit informieren. Nach norwegischem Gesetz ist das Testament des Verstorbenen fünf Tage nach der ersten Zusammenkunft aller ermittelbaren Erben zu eröffnen. Mit Ablauf des Tages der Eröffnung geht das Erbe dann auf die Erben über und dürfen sie über das Erbe frei verfügen.

Ich darf feststellen, dass mit dem heutigen Tage alle ermittelbaren Erben zusammengekommen sind. Somit beginnt ab heute die fünftägige Einspruchsfrist, in der jedermann gegen die Erbfolge Einspruch erheben kann. Erfolgt kein berechtigter Einspruch, werde ich somit in fünf Tagen das Testament eröffnen und Ihnen das Erbe amtlich übertragen. Bestehen zu dem Vorgehen noch Einwände oder Fragen?"

84

Der Notar schaute kurz in die Runde.

„Ich halte fest, dass keine Fragen gestellt wurden. Sie haben also nun fünf Tage zur freien Verfügung. Alma Holgersson und James Cunningmore werden sich bemühen, Ihnen in dieser Zeit Ihren Aufenthalt auf Urter so angenehm wie möglich zu gestalten. Ich stehe Ihnen für Fragen natürlich auch jederzeit zur Verfügung."

Gustav Byrkenes wollte eigentlich noch fortfahren, wurde jedoch unterbrochen, als mit einem Mal das Licht verlosch und der Saal in ein tiefes Dunkel getaucht wurde. Die Gäste konnten lediglich schemenhaft die Tafel erkennen, wenn von draußen ein greller Blitz den Raum durch die Fenster erhellte.

Emilia Assmann schrie vor Schreck laut auf.

Der Notar stieß, als er versuchte, sich wieder auf seinen Platz zu setzen, sein Weinglas um, welches auf seinem Teller mit einem lauten, klirrenden Geräusch zersprang.

In dem Saal herrschte augenblicklich eine geisterhafte Atmosphäre.

„Bewahren Sie Ruhe!", tönte die Stimme McLanes durch den Saal. „Keine Panik! Cunningmore, warum sitzen wir im Dunkeln?"

„Der Dieselgenerator wird ausgefallen sein", hörte man Cunningmore vom anderen Ende des Raumes. „Wenn ein Blitz in das Leitungssystem eingeschlagen ist, kann das eine Überspannung im Netz verursacht haben. Das ist nicht das erste Mal, dass das hier passiert. Dann müssen wir den Generator neu starten und die Glühbirnen wechseln, die werden wohl durchgebrannt sein."

Die Darlegung erklärte McLane immerhin, wie Urterborg mit elektrischem Strom versorgt wurde.

„Brauchen Sie Hilfe?", hörte man Tex fragen. „Ich stehe Ihnen zur Verfügung!"

„Das ist unsere Aufgabe, Sie alle hier sind Gäste. Alma und ich werden das regeln. Meine Frau wird den Generator starten, ich werde die neuen Glühbirnen holen gehen und dann wechseln. Bitte geben Sie uns nur ein wenig Zeit!"

Cunningmore verschwand durch die große Salontür.

„Hat jemand eine Kerze und Streichhölzer?", fragte Cerutti in die Runde. „Das wäre ganz praktisch!"

„Ich habe Streichhölzer", hörte man Lord Colmsworth sagen.

„Ich auch!", sagte Engelmann. Die Zigarrenraucher hatten

ihre Streichhölzer immer in ihrer Westentasche.

„Cunningmore hat sicherlich irgendwo Kerzen, aber der ist jetzt fort", meinte Koloschenka. „Sparen wir also die Streichhölzer, bis wir sie wirklich brauchen."

„Für den Toilettengang, zum Beispiel?"

Tex sprach an, was Koloschenka wohl vermieden hatte.

Man hörte Lord Colmsworth laut ausatmen.

Die Gesellschaft wartete eine Weile, doch Cunningmore und Holgersson kamen vorerst nicht zurück.

Offensichtlich waren sie eine ganze Weile damit beschäftigt, die Stromversorgung und Beleuchtung wieder in Gang zu bekommen.

„Ich weiß nicht, wie es Ihnen geht,", sagte Koloschenka schließlich, „ich habe jedenfalls keine Lust, hier weiter in der Dunkelheit zu sitzen. Ich werde mich jetzt vorzeitig auf mein Zimmer zur Nachtruhe begeben. Wäre jemand so freundlich, mir ein Streichholz zu reichen, sodass ich mich orientieren kann?"

„Selbstverständlich!", hörte man Dr. Engelmann sagen und mit seiner Streichholzdose rascheln.

„Vielleicht ist es sinnvoll, wenn wir uns nun alle auf unsere Zimmer begeben", schlug Byrkenes vor. „Heute können wir in der Dunkelheit ohnehin nichts mehr ausrichten. Ich bezweifle überdies, dass Cunningmore in dieser Dunkelheit die Birnen wechseln kann. Wir nutzen am Besten die vorhandenen Streichhölzer, um gemeinsam den Weg in den Zimmertrakt zu finden."

Diesem Vorschlag des Notars schlossen sich auch alle weiteren Anwesenden an. Engelmann, Colmsworth und McLane entfachten ihre Streichhölzer und machten sich mit den Übrigen auf den Weg durch die Eingangshalle nach oben.

In der Eingangshalle begegneten sie Cunningmore, der mit einer Kiste neuer Glühbirnen und einer brennenden Kerze gerade aus einer Tür unter der großen Treppe heraustrat, hinter der McLane einen Vorratsraum oder einen Kellerabgang vermutete.

„Die Gesellschaft geht zu Bett!", informierte ihn der Notar.

„Natürlich", antwortete Cunningmore. „Ich werde Sie mit der Kerze begleiten, so können Sie sicher den Weg in Ihre Zimmer finden. Ich werde dann anschließend die Birnen tauschen, sodass die elektrische Anlage bald wieder ihren gewohnten Dienst verrichten kann."

„Sie sollten warten, bis es wieder hell ist," schlug McLane vor. „Sie brechen sich in der Dunkelheit doch alle Knochen!"

„Nein nein," winkte der Butler ab, „das ist nicht das erste Mal! Sobald Alma in der Scheune den Generator gestartet hat, wird Urterborg Ihnen wieder beleuchtet zu Diensten stehen."

Lord Colmsworth bedachte sich abermals, welch gutes Hauspersonal dieser alte Hakonsson doch hatte. Für den Fall, dass die Erbschaft üppig genug ausfiel, nahm er sich vor, Cunningmore und Holgersson eine neue Anstellung auf Whitby Castle anzubieten.

Begleitet von Cunningmore fanden alle Gäste den Weg zu ihren Zimmern. Draußen tobte das Unwetter unvermindert fort. Danach begab sich Cunningmore wieder nach unten, um mit dem Wechsel der Glühbirnen zu beginnen.

Dr. Engelmann kleidete sich im Dunkel des Zimmers aus und tastete in seinem Koffer nach seinem Nachthemd. Bei dieser Tätigkeit kamen ihm nur die kurzen Momente der Sicht zu Gute, wenn ein Blitz durch das Fenster für einen Augenblick die Kammer erhellte.

Als er schlussendlich fertig für die Nacht gekleidet war,

machte er sich mit seiner Zahnbürste auf den Weg durch den dunklen Flur zum Badezimmer. Er wollte gerade eintreten, als ihm eine Person entgegenkam.

„Oh, Verzeihung!", hörte er Cerutti sagen, der ihm offensichtlich aus dem Bad entgegenkam.

„Ich wünsche eine geruhsame Nacht", entgegnete Dr. Engelmann. Dann begab er sich tastend zum Waschtisch und putzte sich die Zähne.

Während er sich über den Flur zurück zu seiner Kammer tastete, bemerkte er, wie sich auf der anderen Seite des Flures eine Tür öffnete. Die Schritte einer Frau machten sich auf den Weg in die Richtung des Badezimmers.

Dr. Engelmann betrat wieder sein Zimmer, schloss die Tür und legte sich zu Bett.

Kapitel 5

Er wusste nicht, wie lange er bereits geschlafen hatte, doch der Regen, der Sturm und das Gewitter tobten noch unverändert hinter dem Fenster, als jemand laut gegen seine Zimmertür polterte. Engelmann schreckte hoch, sein Herz schlug schneller.

Wer war das? Was war los?

Er brauchte einen Moment, bis er seine Gedanken gesammelt hatte und wieder einen klaren Kopf bekam. Er betätigte den Lichtschalter, doch das Zimmer blieb dunkel. Engelmann erinnerte sich daran, dass der Blitzschlag die Birnen hatte durchbrennen lassen. Cunningmore hatte die Birnen in den Zimmern noch nicht wechseln können.

Hatte er das Poltern nur geträumt?

Doch im gleichen Moment, in dem er dies dachte, polterte es wieder gegen seine Tür.

„Dr. Engelmann, Dr. Engelmann!", schrie eine Stimme auf der anderen Seite.

Er horchte auf. War das nicht die Stimme von

Cunningmore, dem Butler?

Engelmann drehte den Schlüssel und öffnete seine Tür.

Der Butler stand, triefend nass, mit einer brennenden Kerze im Flur.

„Cunningmore, was ist los, in Gottes Namen?"

„Doktor, kommen Sie bitte schnell, es geht um Alma!"

„Was ist denn passiert?"

Engelmann sah die Panik in Cunningmores Augen.

„Alma, sie bewegt sich nicht mehr! Kommen Sie schnell!"

Engelmann folgte Cunningmore, der ihn in Richtung Treppe zerrte.

„Wo ist sie denn?"

„Draußen! Sie liegt draußen auf der Erde und bewegt sich nicht mehr!"

„Was hat sie denn draußen gemacht?"

„Sie hat den Generator in der Scheune gestartet, aber sie ist nicht mehr zurückgekommen!"

Sie liefen die große Treppe in die Eingangshalle hinunter. In dem großen Leuchter an der Decke brannten bereits wieder vier der acht Glühbirnen und erleuchteten die Halle, während der Rest der Burg noch im Dunkeln lag.

Im Lauf erzählte Cunningmore, was geschehen war.

„Ich hatte Alma in die Scheune geschickt, um nach dem Generator zu sehen. Ich habe in der Zeit die Glühbirnen zusammengesucht und begonnen, in der Eingangshalle die Birnen zu tauschen. Als ich die zweite Birne in die Fassung gedreht habe, begannen die neuen Birnen zu leuchten. Daher wusste ich, dass Alma es offensichtlich geschafft hatte, den Generator zu starten. Sie hätte also bald wieder nach drinnen kommen müssen. Nachdem ich die vierte Birne eingedreht hatte, war Alma noch immer nicht zurück. Da habe ich beschlossen, draußen nachzuschauen, wo meine Frau ausbleibt."

Sie betraten durch die große Eingangstür das Freie und standen augenblicklich in Sturm und Regen. Die dicken Tropfen peitschten mit enormer Kraft gegen ihre Gesichter. Im Nu war Engelmann bis auf die Haut durchnässt.

Cunningmore zerrte ihn um das Gebäude herum und vervollständigte seinen Satz:

„Dann sah ich sie dort liegen!"

Er zeigte mit dem Finger auf eine Person, die unbeweglich auf dem Boden lag, etwa zwanzig Schritte vor dem geschlossenen Scheunentor, zehn Schritte von der Burgmauer und etwa zehn Schritte von dem Mast entfernt.

Engelmann lief hinzu. Vor ihm lag Alma Holgersson, die Arme ausgestreckt, auf dem Rücken. Der Mund und die Augen waren weit aufgerissen.

Engelmann fühlte ihren Puls. Cunningmore fiel auf seine Knie.

„Helfen Sie ihr bitte!", schrie Cunningmore mit Verzweiflung.

„Das kann ich nicht!", antwortete Engelmann.

„Sie ist schon tot!"

„Soeben atmete sie doch noch!", schrie Cunningmore.

„Schauen Sie her, guter Mann", antwortete Dr. Engelmann. Er drehte den Kopf der Leiche auf die Seite. Aus dem geöffneten Mund lief Wasser heraus.

„Wenn Ihre Frau eben noch geatmet hat, jetzt tut sie es nicht mehr!"

Engelmann hätte diese Botschaft sicherlich einfühlsamer überbringen können, doch er tat es mit der schonungslosen Art, die Ärzten gemeinhin zu eigen war.

„Woran ist sie denn gestorben?", fragte Cunningmore in

Tränen.

„Das kann ich nicht sagen. Ich werde sie morgen untersuchen, wenn es wieder hell geworden ist! Es scheint mir allerdings eine gute Idee, McLane hinzuzurufen. Sie ist schließlich die zweite Leiche, die wir nun zu beklagen haben. Das wird ihn sicherlich interessieren!"

Engelmann und Cunningmore ließen Alma liegen, wie sie sie gefunden hatten und liefen durch Regen und Sturm zurück in die Burg.

In der Eingangshalle brach Cunningmore zusammen. Er sah aus, als hätten auch ihn die Geister verlassen.

Engelmann ließ ihn zurück, nahm die Kerze und ging hinauf in den Zimmertrakt.

Dann klopfte er laut gegen McLanes Tür.

„McLane, wachen Sie auf!"

Es dauerte einen Moment, bis er aus dem Zimmer Geräusche hörte. Dann wurde die Tür aufgeschlossen.

McLane stand noch etwas benommen in der Tür und schaute im Schein der Kerze in das ernste Gesicht Engelmanns.

„Frau Holgersson ist tot!"

Nachdem die Überraschung aus dem Gesicht des Schotten gewichen war, ließ sich McLane von Dr. Engelmann auf den neuesten Stand bringen, während er, noch in sein Nachthemd gekleidet, hinter Engelmann die Treppe in die Halle hinunterlief. Dort saß Cunningmore in sich zusammengekauert.

„Mein Beileid!", wünschte McLane aufrichtig. „Ich werde mir Ihre Frau ansehen, wenn ich darf. Sie ist schließlich schon die zweite Tote in vierundzwanzig Stunden, die wir zu beklagen haben. Das kann Zufall sein, muss es aber nicht. Wünschen Sie, dabei anwesend zu sein?"

Cunningmore schüttelte den Kopf.

„Der Mann steht unter Schock!", konstatierte Engelmann. „Ich halte es nicht für förderlich, ihn über die Maßen hinaus mit dem Anblick seiner verstorbenen Frau zu konfrontieren."

„Nun gut,", antwortete McLane, „aber Sie folgen mir doch sicherlich? Ich brauche Ihre ärztliche Expertise!"

„Selbstverständlich!", versicherte Engelmann.

Die Beiden schritten hinaus in das Unwetter. Engelmann zeigte McLane die Stelle, an der die Leiche immer noch unverändert auf dem Boden lag.

Ihr Mund und ihre Nasenlöcher waren bereits vollständig mit Wasser gefüllt. Im Licht der Blitze sahen Sie sie leicht hervorstehenden Augäpfel und die bläuliche Farbe der Haut.

„Was ist mit ihr geschehen?", fragte McLane. „Ist sie ermordet worden, Hirnschlag, Herzstillstand oder vielleicht doch vom Blitz getroffen? Angesicht der Umstände wäre mir sehr daran gelegen, wenn Sie die Todesursache so eng wie möglich eingrenzen könnten!"

Engelmann schüttelte den Kopf.

„Wie soll ich das denn hier in der Dunkelheit und dem Regen feststellen?", fragte Engelmann.

„Geben Sie sich Mühe!", wies ihn McLane zurecht. „Wenn hier auf der Insel ein Mörder sein Unwesen treiben sollte, so weiß ich darüber am liebsten noch heute Bescheid, bevor noch einer von uns seinen letzten Atemzug macht! Des Weiteren erscheint es mir sinnvoll, den Notar hinzuzurufen. Er ist im Moment die einzige offizielle Amtsperson des Staates Norwegen an dieser Stelle."

Engelmann beugte sich über die Leiche, während McLane in die Burg ging, um den Notar zu wecken.

Schlaftrunken öffnete Gustav Byrkenes die Tür, nachdem McLane mehrfach laut geklopft hatte.

„Herr Byrkenes, wir haben abermals einen Todesfall. Ich möchte zu diesem Zeitpunkt eine natürliche Todesursache nicht mehr als die einzige Möglichkeit betrachten. Dr. Engelmann ist bereits dabei, die Leiche zu untersuchen. Uns erscheint es angebracht, dass Sie in Ihrem Amt als Notar als Zeuge auftreten, da Sie die einzige offizielle Amtsperson auf der Insel sind. Würden Sie mir bitte folgen?"

„Um Gottes Willen!", rief Byrkenes. „Wer ist gestorben?"

„Alma Holgersson!"

Byrkenes zog sich hastig einen Mantel über sein Nachthemd und folgte McLane nach draußen. In der Eingangshalle saß Cunningmore noch immer am gleichen Platz, an dem sie ihn zurückgelassen hatten.

Engelmann hatte unterdessen den Leichnam Holgerssons soweit untersucht, wie es die widrigen Umstände zuließen.

„Können Sie uns schon etwas berichten?", fragte McLane, als er mit dem Notar die Stelle erreichte.

„Wie ich schon sagte, ich kann Ihnen keine abschließende

Todesursache nennen. Dafür sind die Möglichkeiten einfach nicht vorhanden", begann Engelmann. „Ich habe allerdings die mir naheliegendste Todesursache untersucht", er deutete zum Himmel. „Blitzschlag! Dazu müsste sie allerdings im Kopf-, Schulter- oder Armbereich starke Verbrennungsspuren aufweisen. Das kann ich allerdings ausschließen. Alma Holgersson ist daher sicher nicht vom Blitz getroffen worden."

„Gut", antwortete McLane. „Dann können wir das Unwetter schon einmal ausschließen."

„Zumindest ist es sehr unwahrscheinlich", sagte Engelmann. „Es bleibt noch grundsätzlich die Möglichkeit, dass in ihrer Nähe der Blitz niedergegangen ist. Es sind schon Menschen an Herzversagen gestorben, weil die statische Entladung des Blitzes in der Umgebung das Herz aus dem Takt gebracht hat. Allerdings,", er hob triumphierend den Finger, „war ein Herzversagen bei ihr nicht letal."

„Letal?", fragte Byrkenes.

„Nicht der Grund ihres Versterbens!", vervollständigte Engelmann.

„Woran ist sie also gestorben?", fragte McLane.

„Sie ist erstickt!", antwortete Engelmann. „Ihre Augen stehen hervor und ihre Haut ist blau angelaufen. Sie ist definitiv erstickt. Ich kann allerdings nicht sagen, ob sie an dem Regenwasser erstickt ist, dass sich in ihrem Mund gesammelt hat. Sie dürfte allerdings nicht fähig gewesen sein, sich zu bewegen. Dafür können verschiedene Ursachen verantwortlich sein, etwa eine statische Entladung, eine Vergiftung oder ein Krampfleiden. Ich könnte noch viele andere Gründe nennen. Das fällt alles in den Bereich der Spekulation!"

„Sie meinen also,", fasste McLane zusammen, „es ist zwar theoretisch möglich, dass keine Fremdeinwirkung im Spiel war, aber dass es ebenfalls nicht auszuschließen ist, dass jemand nachgeholfen haben könnte?"

„Genau das meine ich!", sagte Engelmann.

„Wie wahrscheinlich betrachten Sie denn die eine oder die andere Möglichkeit?", fragte Byrkenes.

„Sie meinen, wie wahrscheinlich es ist, dass neben Ihnen ein Blitz einschlägt, Ihr Herz aussetzt, Sie kurzzeitig außerstande sind, sich zu bewegen und Sie dann schließlich durch Regenwasser ertrinken, dass in dieser Zeit Ihren Mund füllt?", fragte Engelmann. Er stieß ein kurzes Lachen aus. „Ich glaube, so etwas ist extrem unwahrscheinlich!"

„Ich denke, wenn wir nun McLane fragen, wie wahrscheinlich es ist, dass beim Tod von Frau Holgersson, aus welchem Grund auch immer, nachgeholfen wurde, so dürfte ich vermuten, dass diese Wahrscheinlichkeit jedenfalls wesentlich größer sein dürfte?"

McLane wischte sich den Regen aus dem Gesicht.

„Es ist schon der zweite Todesfall, den wir nicht eindeutig klären können. Es ist eine seltsame Todesursache. Es ist möglich, dass beide Verstorbenen eines natürlichen Todes erlegen sein könnten, aber ich denke tatsächlich, dass wir ernsthaft die Möglichkeit in Betracht ziehen sollten, dass unter uns ein Mörder weilt!"

Byrkenes schluckte. „Sie denken ernsthaft, dass unter uns ein Mörder lebt?"

McLane kam nicht zu einer Antwort. Mit einem lauten Knall prallte vor ihnen ein Körper auf den Boden und blieb leblos liegen, direkt neben der Leiche von Alma Holgersson.

McLane, Engelmann und Byrkenes stand der Schrecken in

ihre Gesichter geschrieben. Doch es war auch in der Dunkelheit der Nacht und den Widrigkeiten des Unwetters nicht schwer zu erkennen, um wen es sich bei der offensichtlich dritten Leiche des Tages handelte. Ein weißer Gipsarm leuchtete auf, als der nächste Blitz über den Himmel zuckte.

„Delahaye!", murmelte Engelmann. Sie blickten hinauf. Sie standen hier unter dem Trakt mit den Gästezimmern. Das Fenster von Delahaye war geöffnet.

Engelmann fühlte routinemäßig den Puls. Doch auch ohne das Ertasten den Pulses war durch die Anblick des Körpers die Diagnose klar.

„Delahaye ist tot!"

Engelmann, Byrkenes und McLane waren perplex. Soeben hatten sie sich noch über die Leiche Holgerssons gebeugt, da waren sie schon Zeuge des nächsten Todesfalles.

Nachdem sie sich von ihrem ersten Schrecken erholt hatten, wandte sich McLane an Byrkenes.

„Sie fragten mich, ob ich ernsthaft glaube, dass unter uns ein Mörder lebt?"

Er deutete auf die beiden Leichen auf dem Boden.

„Ich denke, das sollte ihre Frage hinreichend beantworten!"

„Wenn dem so ist und weiß Gott, ich zweifle nun auch nicht mehr daran, wie gehen wir nun weiter vor? Und wie können wir selbst sicher sein, nicht das nächste Opfer zu werden?", fragte Engelmann mit besorgtem Gesicht.

„Wir müssen so schnell wie möglich das Festland kontaktieren", sagte McLane mit ernster Miene. „Noch in dieser Nacht!"

„Kann einer von uns morsen?", fragte Engelmann.

„Ich kann morsen, das war Teil meiner Ausbildung", antwortete McLane. „Es ist vielleicht ein bisschen eingerostet, aber es wird schon gehen. Byrkenes, Sie übersetzen den Notruf ins Norwegische!"

„Wo steht das Funkgerät?"

„Das fragen wir Cunningmore!"

Die Herren kämpften sich durch den Sturm zurück in die Eingangshalle. Dr. Engelmann und McLane fröstelten, standen sie doch immer noch da in ihren durchnässten

Nachthemden. Lediglich Byrkenes hatte sich eine Jacke übergezogen.

„Cunningmore?", riefen sie in die Halle.

„Ich bin hier", vernahmen sie eine kraftlose Stimme aus der Küche.

McLane schaute hinter die Türe. Cunningmore, der sonst so aufrechte und unerschütterliche Diener, lag mutlos auf der Holzbank in der Küche und starrte leer gegen die Decke, auf der sich der Schein der Kerze auf dem Küchentisch spiegelte.

„Cunningmore, wir brauchen Ihre Hilfe!", sagte McLane mit sanfter, aber dennoch bestimmender Stimme.

„Zeigen Sie uns bitte, wo das Funkgerät steht."

Cunningmore erhob sich von der Bank und schluffte durch die Küche. McLane winkte Engelmann und Byrkenes hinein.

„Das Funkgerät steht hinten im Vorratsraum. Ich bringe Sie hin."

McLane, Byrkenes und Engelmann folgten dem Butler durch die Tür, die von der Küche in den Vorratsraum führte.

An einem kleinen Schreibtisch in der Ecke stand ein

Morseapparat. McLane nahm Platz, die anderen scharrten sich um ihn.

„Cunningmore, würden Sie uns bitte alleine lassen?", bat McLane.

„Ich begebe mich zu Bett!", antwortete Cunningmore. „Brauchen Sie noch etwas?"

„Eine Glühbirne, wenn ich Ihnen dies noch abverlangen dürfte?"

„Natürlich."

Cunningmore ging und kam kurze Zeit später mit einer Glühbirne zurück.

„Soll ich sie in die Fassung drehen?", fragte er, bemüht, seine Stellung als Butler zu erfüllen.

„Lassen Sie nur", antwortete McLane. „Gehen Sie zu Bett!"

Cunningmore verbeugte sich kurz und verschwand.

Engelmann wechselte die Birne und wenig später erstrahlte der Vorratsraum wieder in gleichmäßigem, hellem elektrischen Licht.

„Nun gut", sagte McLane und nahm sich Bleistift und Papier.

SOS - SOS

Drei ungeklärte Todesfälle auf Urter. Wahrscheinlich Mord.

Brauchen dringend Hilfe. Schicken Sie Polizei.

SOS - SOS

Er reichte das Papier an Byrkenes.

„Übersetzen Sie!"

Byrkenes schrieb den Text erneut auf.

SOS - SOS

Tre uforklarlige dødsfall på Urter. Sannsynligvis drap. Trenger akutt hjelp. Send politi.

SOS - SOS

„So können Sie es morsen!"

McLane, der schon länger nicht mehr gemorst hatte, übersetzte den Text seinerseits auf dem Papier in Morseschrift und wandte sich dem Gerät zu.

Er schaltete das Gerät ein und wartete darauf, dass die Maschine ein Signal zur Eingabe gab.

Doch das Gerät blieb stumm. Es leuchtete weder eine der

Lämpchen, noch vernahm McLane das typische Surren des Relais, das er noch aus früheren Zeiten so gut kannte.

„Ist etwas nicht in Ordnung?", fragte Byrkenes.

„Es scheint mir so, als ob dieses Gerät gar nichts mehr funkt!", antwortete McLane mit bitterer Miene. „Ich habe früher schon mit solchen Geräten gearbeitet, sie haben ein bestimmtes Geräusch, wenn sie betriebsbereit sind. Dieses hier ist stumm, wie Sie hören!"

„Soll das heißen, wir können keine Nachricht zum Festland absetzen?", fragte Engelmann mit bebender Stimme.

McLane überlegte kurz.

„Ich befürchte tatsächlich, das heißt es!"

„Um Gottes Willen!", Engelmann hielt sich die Hand vor den Mund. „Dann sind wir hier auf der Insel mit einem Mörder gefangen. Und wir haben keine Möglichkeit, Hilfe zu rufen!"

McLane wandte sich wieder dem Morsegerät zu.

„Ich werde es dennoch probieren. Aber wir sollten diesem Versuch nicht zu große Hoffnungen beimessen. Ich denke, dass wir uns selbst helfen müssen!"

William McLane hackte mit beständigem Rhythmus auf

das Gerät ein. Zweimal hintereinander sendete er den Text. Dann stand er auf.

„Werte Herren, Sie sehen die Dringlichkeit, den Todeshergang aller drei Personen zu untersuchen. Die Wahrscheinlichkeit, dass Kjaergaard, Holgersson und Delahaye nicht eines mehr oder weniger natürlichen Todes gestorben sind, ist nach dem Tod von Hugo erdrückend groß geworden. Lassen Sie uns in den Rauchsalon begeben und das weitere Vorgehen besprechen!"

Engelmann und Byrkenes nickten. Sie knipsten das Licht des Vorratsraumes aus und begaben sich durch die Küche und die Eingangshalle in den dunklen Salon.

Engelmann zündete mit einem Streichholz den Kamin an, der den Salon in ein flackerndes, rötliches Licht tauchte. Man hörte den Sturm an den Fenstern rütteln und den Regen gegen das Glas prasseln, während das Holz im Kamin knisterte. Engelmann nahm eine Zigarre aus der Kiste und zündete sie an, danach nahmen die Herren in den schweren Ledersesseln vor dem Kamin Platz.

McLane verzichtete in Anbetracht der Umstände darauf, alleine auf sein Zimmer zu gehen, um seine Pfeife zu holen. Daher blieb Dr. Engelmann der einzige Raucher in dieser Runde.

„Byrkenes,", begann McLane das Gespräch, „wir sind uns sicherlich einig, dass wir in Anbetracht der Umstände versuchen müssen, die Todesfälle aufzuklären und den Mörder zu entlarven, bevor er uns selbst möglicherweise einem ähnlichen Schicksal zuführt!"

Byrkenes und Engelmann nickten.

„Es ist in Ihrer Eigenschaft als Notar sicher nicht Ihre originäre Aufgabe in dieser Angelegenheit, jedoch sind Sie, wie ich bereits vorhin sagte, die einzige offizielle Amtsperson des Staates Norwegen auf dieser Insel. Als solche, die Sie somit der offizielle Vertreter des Staates sind, bitte ich Sie daher nun offiziell, Ermittlungen aufnehmen und durchführen zu dürfen. Es ist absolut notwendig, den Mörder so schnell wie nur möglich zu überführen. Darf ich mich als ermächtigt ansehen?"

Byrkenes blickte überrascht, dann dachte er kurz nach.

„Wenn ich denn in meiner Position das bestimmen darf, dann ermächtige ich Sie nicht nur, ich ersuche Sie sogar dringend, den Täter zu ermitteln. In unser aller Interesse!"

Engelmann nickte.

McLane wandte sich an Engelmann. „Dr. Engelmann, Sie,

Byrkenes und ich waren anwesend, als Delahaye aus dem Fenster stürzte. Daraus folgt der einfache Schluss, das wir, zumindest, was den Tod von Delahaye angeht, nicht die Täter sein können. Somit sind auch Sie die einzigen Personen, die ich zu dieser Zeit um Unterstützung in dieser Sache bitten kann. Sie, Herr Dr. Engelmann, werden mir bitte mit Ihrem medizinischen Sachverstand zur Seite stehen, Sie, Herr Byrkenes, bitte ich, die Untersuchungen zu protokollieren und das Vorgehen als Auge des Staates zu überwachen. Sind Sie einverstanden?"

Engelmann und Byrkenes nickten stumm.

„Gut. Kommen wir also zur Sache!", leitete McLane ein, ohne lange zu warten. „Die Untersuchungen dulden keinen Aufschub, also fangen wir doch gleich hier vor Ort damit an.

Der erste Tote war Sveinung Kjaergaard, der alte Reeder. Ich vermutete zuerst, er sei an Herzversagen verstorben, dies ist nun doch ernsthaft in Zweifel zu ziehen. Die Todesursache ist also ungeklärt.

Die zweite Tote ist Alma Holgersson. Hier können wir, wenn auch die Umstände ihres Todes unbekannt sind, zumindest feststellen, dass sie erstickt ist.

Der dritte Tote ist Hugo Delahaye, ein zwielichtiger Franzose mit Feinden, die ihn bereits umbringen wollten, wenn auch ohne Erfolg. Das hat er mir erst gestern anvertraut. Nähere Details werde ich Ihnen noch unterbreiten. Seinen Tod kennen wir. Er stürzte aus dem Fenster. Was können wir folglich hieraus schließen?"

McLane schaute in die bescheidene Runde.

Byrkenes und Engelmann schauten ihn fragend an.

McLane dachte ebenfalls nach und fuhr fort, als er von den Anwesenden keine Antwort erhielt.

„Ich schließe daraus, dass wir für den ersten Todesfall zwölf Verdächtige, für den zweiten Todesfall elf Verdächtige und für den letzten Todesfall sieben Verdächtige haben. Stimmen Sie mir da zu?"

Byrkenes und Engelmann schauten ihn überrascht an.

„Wie kommen Sie denn auf diese Zahlen?", fragte Engelmann und runzelte die Augenbrauen. „Ich komme auf fünf Personen, die für die Morde in Frage kommen. Das sind Frau Koloschenka, Frau Assmann, Herr Cerutti, Herr Hakonsson und zuletzt Lord Colmsworth. Fünf Personen. Sie, Herr Byrkenes und meine Wenigkeit können nicht die Mörder sein, wir waren schließlich zusammen, als Delahaye aus dem Fenster geworfen wurde. Cunningmore wird wohl kaum seine eigene Frau umgebracht haben, außerdem war er ebenfalls zugegen, als der Mord an Delahaye geschah. Wie kommen Sie also an diese hohe Zahl an Verdächtigen?"

„Durch die Inbetrachtnahme von allen Möglichkeiten, auch wenn sie absurd klingen", antwortete McLane. „Solange die Schuld nicht bewiesen ist, ist ein jeder unschuldig. Das bedeutet aber für einen Ermittler im Gegenzug: Solange die Unschuld nicht bewiesen ist, ist auch jeder grundsätzlich verdächtig!

Ich möchte das kurz darstellen: Für den Tod des Herrn Kjaergaard kommen doch als Täter alle auf der Insel Anwesenden in Betracht.

Jeder von uns könnte ihn umgebracht haben. Keiner ist bisher vollständig entlastet.

Demnach könnten, und ist es auch nur theoretisch, Sveinung Kjaergaard umgebracht haben:

Ich,

Sie, Herr Engelmann,

Sie, Herr Byrkenes,

Frau Koloschenka,

Herr Cerutti,

Herr Hakonsson,

Frau Assmann,

Lord Colmsworth,

Herr Cunningmore,

Frau Holgersson,

Herr Delahaye

und nicht zuletzt: Ein Unbekannter, der sich möglicherweise auf der Insel aufhält oder sich Zutritt verschafft hat. Zwölf mögliche Verdächtige also!"

„Ich muss protestieren!", unterbrach ihn Engelmann. „Sie können doch nicht glauben, dass Herr Byrkenes oder ich hier jemanden umgebracht haben sollen? Sie waren bei uns, als der dritte Mord geschah! Außerdem glaube ich wirklich nicht, dass Alma Holgersson oder Hugo Delahaye etwas mit dem Tod an Sveinung Kjaergaard zu tun haben! Das ist doch absurd!"

„Beruhigen Sie sich bitte, guter Herr Engelmann!", besänftigte ihn McLane. „Ich habe nicht gesagt, dass Sie oder Herr Byrkenes konkret verdächtigt werden. Auch mir ist bewusst, dass Sie wohl kaum in die Todesfälle verwickelt sein dürften. Ich schließe nur grundsätzlich bei meinen Ermittlungen keine Möglichkeiten kategorisch aus, das verblendet die neutrale Sicht auf die Dinge. Und einen klaren Blick sollte ein Ermittler immer bewahren. Wie Sie vielleicht bemerkt haben, zähle auch ich mich, gerechterweise, zum offiziellen Kreis der möglichen Verdächtigen. Und schließlich weiß ich über meine eigene Unschuld. Doch theoretisch käme ich für den ersten Mord in Frage, nicht wahr? So wie wir alle."

Byrkenes nickte. „Ich bin ganz Ihrer Meinung, das ist schon richtig so. Solange wir nichts Näheres wissen, sollten wir auch keine Möglichkeiten grundsätzlich voreilig verwerfen!"

„Gut,", antwortete McLane, „dann fahren wir fort: Für den zweiten Todesfall, den der armen Alma Holgersson, kommen, sofern ich nicht irre, die gleichen Verdächtigen in Betracht, mit Ausnahme ihrer eigenen Person. Zumindest, sofern wir die Möglichkeit eines Suizids außer Acht lassen."

Dr. Engelmann schüttelte den Kopf. „Nach meiner fachlichen Meinung ist ein Suizid ausgeschlossen. Alma Holgersson ist erstickt. Vermutlich durch das Regenwasser, das in ihren Mund gelaufen ist. Sie könnte sich natürlich mit einer Cyanverbindung vergiftet haben, die zu einem ähnlichen Erstickungstod führt, aber warum dort draußen, an dieser Stelle? Das ist, vor allem in Anbetracht der weiteren Todesfälle, sehr unwahrscheinlich."

McLane lächelte. „Sehr gut, Herr Engelmann. Diese Schlussfolgerung teile ich. Somit können wir Alma Holgersson wohl vorerst aus der Verdächtigenliste streichen. Es bleiben also elf Verdächtige für den Tod von Alma Holgersson!"

„Was ist mit Cunningmore?", fragte Byrkenes. „Er wird wohl kaum seine eigene Frau getötet haben, nicht wahr?"

„Warum denn nicht?", fragte McLane. „Die Kriminalgeschichte ist voll von Ehemännern, die ihre Frauen töteten, aus welchen Gründen auch immer. Wenn ich eine tote Frau gefunden habe, habe ich mir immer zuerst den Ehemann näher angesehen. Und nicht selten hatte ich den Täter dann schon gefunden!"

Byrkenes schüttelte den Kopf. „Das kann ich mir nicht vorstellen. Meine Menschenkenntnis würde doch sehr fehl liegen, wenn sich herausstellt, dass Cunningmore ein Mörder ist."

„Wir werden sehen", antwortete McLane. „Zuerst einmal ist er ein Verdächtiger, wie alle anderen auch."

Er legte einen Holzscheit nach.

„Betrachten wir den Tod von Hugo Delahaye."

Dr. Engelmann zog an seiner Zigarre. „Er fiel aus dem Fenster seines Zimmers im Schlaftrakt, an der gleichen Stelle, an der Alma Holgersson gestorben ist. Wir waren dabei anwesend. Also können wir uns von der Verdächtigenliste streichen, ebenso Kjaergaard, Holgersson und Delahaye selbst. Es bleiben also übrig:

Frau Koloschenka,

Herr Cerutti,

Herr Hakonsson,

Frau Assmann,

Lord Colmsworth,

Herr Cunningmore,

und: Ein Unbekannter, der sich möglicherweise auf der Insel aufhält." Er grinste zufrieden, während er McLane ansah.

McLane nickte zustimmend.

„Sehr gut, Herr Engelmann, ich denke, aus Ihnen wäre auch ein guter Ermittler geworden!"

„Dürfen wir dann davon ausgehen, dass sich der Mörder wahrscheinlich unter diesen Personen befindet?", fragte Byrkenes.

McLane nickte. „Zumindest spricht vieles dafür. Wir sollten die Ermittlungen also vorrangig auf diese Gruppe konzentrieren."

Die drei schwiegen und dachten nach. Ein jeder überlegte, wem er diese Morde zutrauen würde oder wer ein Motiv hierfür haben könnte. Oder war es reine Mordlust?

Der Schein des Kaminfeuers malte ihre Schatten mystisch flackernd auf die grüne Tapete des Rauchersalons, während draußen der Sturm und der Regen tobte. In diesem schummrigen Licht schienen sie geradezu von den alten Ahnen an der Wand beobachtet zu werden.

Byrkenes erhob sich aus seinem Sessel und betrachtete schweigsam das Gemälde, dass in der Nähe des Kamins hing.

„Das ist der alte Hakonsson!", sagte er schließlich in die Stille. „Da war er allerdings noch ein bisschen jünger. Eine markante Person, nicht wahr?"

Er hustete kurz.

„Keiner hier sieht ihm irgendwie ähnlich. Und trotzdem

werden sie alle von ihm erben. Wissen Sie, was ich glaube?"

Byrkens hielt sich an der Wand fest, als die anderen ihn fragend anschauten.

„Ich glaube, es sind dem Mörder zu viele Erben! Je weniger Erben die Testamentseröffnung erleben, desto größer wird das Erbe für den Mörder! Das erscheint mir ein sehr wertvolles Motiv!"

Plötzlich fing der Notar an, röchelnde Laute von sich zu geben. Er atmete schwer und hustete.

Dr. Engelmann erhob sich aus seinem Sessel.

„Byrkenes? Was ist los mit Ihnen?"

„Ich kriege nur schwer Luft!", antwortete Byrkenes.

Dann übergab er sich.

Kapitel 6

Dr. Engelmann lief auf Byrkenes zu und beugte sich über ihn.

„Was haben Sie, Byrkenes?"

„Mir ist übel, ich bekomme schlecht Luft", stammelte Byrkenes.

„Haben Sie das erst seit gerade oder bereits länger?", fragte Engelmann.

„Es fing gestern Abend an, mit leichten Krämpfen,", schilderte Byrkenes schwer atmend, „mein Stuhl war weich und ich hatte Magenkrämpfe. Ich denke, ich habe mir eine Grippe eingefangen, das ist es doch, Doktor?"

„Haben Sie Fieber?"

Engelmann fühlte an der Stirn die Temperatur. Dann schüttelte er den Kopf.

„Eine Grippe haben Sie nicht", antwortete Engelmann. „Dann hätten Sie nicht solche Atembeschwerden. Dafür hätten Sie aber Fieber, doch das haben Sie nicht."

„Was hat er, Doktor?", fragte McLane erschrocken.

„Es ist, wie ich es schon oft sagen musste", sagte

Engelmann. „Ich kann es nicht genau sagen. Ohne diagnostische Gerätschaften kann ich nur die Ursachen eingrenzen, aber nicht definitiv bestätigen. Vieles spricht für eine virale Erkrankung, wobei dann eigentlich Fieber auftreten müsste."

Engelmann schaute in McLanes fragendes Gesicht. McLane brauchte nicht auszusprechen, was er von Engelmann wissen wollte.

„Sie wollen von mir wissen, ob Byrkenes vergiftet worden sein könnte?"

McLane nickte.

„Ich hoffe es nicht, aber es wäre grundsätzlich möglich!"

„Eine Cyanverbindung?", fragte McLane. „Holgersson könnte doch theoretisch auch an einer Cyanvergiftung verstorben sein, sagten Sie mir!"

Engelmann schüttelte den Kopf. „Nein, das kann ich definitiv ausschließen. Eine Cyanverbindung würde seinen Körper lähmen und ihn dadurch ersticken lassen. Nein, ich habe ein anderes Gift in Verdacht: Arsen!"

„Arsen?", McLane hob die Augenbrauen. „Wie kommen Sie auf Arsen?"

„Eine Cyanverbindung wirkt sehr schnell und ist dann

auch unmittelbar letal, also tödlich. Byrkenes hat aber schon länger Beschwerden. Und diese Beschwerden passen zu Arsen, das kann ich aus meiner langjährigen Tätigkeit mit Sicherheit sagen. Aber ich muss dennoch betonen, es kann sich auch um eine einfache virale Infektion handeln!"

„Es könnte also sein, dass mich jemand vergiften wollte?", fragte Byrkenes mit einem Schrecken in seinem Gesicht.

„Wenn Sie jemand vergiften wollte, dann hat er allerdings nicht gut dosiert!", antwortete Engelmann mit beschwichtigender Stimme. „Sonst wären Sie schon tot! Sie werden wohl wieder zu sich kommen. Arsen wirkt nicht unmittelbar, sondern über einige Stunden. Wenn Sie also vergiftet wurden, dann bereits am Nachmittag oder Abend. Es muss allerdings eine sehr geringe Menge gewesen sein. Entweder, sie haben irgendwo unglücklicherweise Arsen zu sich genommen, oder der Täter ist zu sparsam mit seinem Mittel umgegangen!"

„Wo soll ich mich denn mit Arsen vergiftet haben?", fragte Byrkenes japsend. Seine Aufregung schlug zusätzlich auf seine Atemnot.

„Arsen finden Sie in jedem Haushalt!", antwortete Engelmann. „Wespengift, zum Beispiel. Arsen ist auch in bestimmten Medikamenten vorhanden, genauso wie etwa in manch grüner Farbe, in bestimmten Tapeten, in Rattengift oder Holzschutzmittel. Wenn Sie besonders empfindlich sind, können Sie schon von Ausdünstungen arsenhaltiger Dinge eine Vergiftung entwickeln. Ein teuflisches Zeug! Es wäre ein Leichtes für einen Täter, an Arsen zu kommen. Das müsste er vermutlich nicht einmal mit auf die Insel gebracht haben!"

„Was soll ich jetzt tun?", fragte Byrkenes flehend.

Engelmann beruhigte ihn.

„Viel Wasser trinken, Sie müssen das Arsen, - ich betone: Wenn es denn welches ist -, aus ihrem Körper heraus-spülen. Trinken Sie zwei bis drei Liter Wasser und ruhen Sie sich aus, dann geht es Ihnen morgen früh schon wieder besser!"

„Byrkenes, erinnern Sie sich noch, wann Sie etwas zu sich genommen haben und was es war?", fragte McLane.

Byrkenes schüttelte den Kopf. „Ich habe nichts anderes zu mir genommen, als alle anderen auch. Ich kann mich jedenfalls an nichts anderes erinnern!"

„Sie sollten sich jetzt aber ausruhen!", empfahl Engelmann.

„Das sollten wir alle tun!", antwortete McLane.

„Byrkenes, Sie werden gleich möglichst unbemerkt in Hugo Delahayes Zimmer umziehen. Ihre Sachen werden wir Ihnen bringen. Der Mörder unter uns wird nicht mehr in dieses Zimmer gehen, Delahaye ist schließlich tot. Er hat es aber möglicherweise auf Sie abgesehen, deswegen halte ich es für unklug, wenn Sie dort nächtigen, wo er Sie erwartet. Gleichzeitig können wir sicherstellen, dass das Zimmer von Delahaye nicht mehr unbemerkt betreten wird, es ist schließlich ein möglicher Tatort, den ich mir morgen früh am hellen Tage noch einmal genau betrachten möchte."

McLane wandte sich wieder an Engelmann.

„Dr. Engelmann, ich benötige noch Ihre Hilfe. Ich halte es für respektlos gegenüber unseren Opfern, wenn wir sie die ganze Nacht in Sturm und Regen liegen lassen. Wir sollten sie auf ein Zimmer bringen. Ich schlage vor, wir betten die Leichen in Byrkenes Zimmer, dort kann der Bestatter, sofern wir ihn noch irgendwann informieren können, sie dann ehrenvoll in Empfang nehmen. Danach begeben wir uns auf unsere eigenen Zimmer und verriegeln die Türen."

Dr. Engelmann und McLane begleiteten den angeschlagenen Notar zu Delahayes Zimmer, ohne durch zu laute Geräusche auf sich aufmerksam zu machen. McLane wollte mit einem Taschentuch, um keine wertvollen Spuren zu verwischen, die Klinke herunterdrücken und die Tür öffnen, als er merkte, dass die Tür von innen verriegelt war.

„Sie ist verschlossen!", sagte McLane einigermaßen überrascht. „Engelmann, leuchten Sie mir bitte mal!"

Engelmann beleuchtete die Tür mit der Kerze, die er in der Hand trug.

McLane spähte durch das Schlüsselloch.

„Der Schlüssel steckt noch!"

„Wie kann denn das sein?", fragte Byrkenes mit heiserer Stimme. „Wenn der Mörder Delahaye aus dem Fenster stieß, so muss er doch das Zimmer betreten haben!"

„Das gilt es wohl noch herauszufinden!", sagte McLane mit nachdenklicher Miene, während er sein Taschentuch ausbreitete.

Er schob das Taschentuch vorsichtig durch den Türspalt

am Boden unter der Tür hindurch.

Engelmann schaute verwundert zu. Anschließend holte McLane leise einen Pfeifenstopfer aus seinem Zimmer, schob den Dorn heraus und stocherte vorsichtig mit diesem im Schlüsselloch herum. Der Schlüssel löste sich mit einem klirrenden Geräusch aus dem Schlüsselloch und fiel an der Innenseite der Tür hinunter. McLane zog das Taschentuch wieder unter der Tür hindurch, auf dem der Schlüssel nun lag.

„Genial!", sagte Engelmann bewundernd.

„Das war mein Beruf", antwortete McLane abwinkend. Er lächelte. „Das ist wohl für Sie vergleichbar mit dem Schwierigkeitsgrad einer Blinddarmoperation!"

McLane schloss die Tür auf und sah sich kurz um. Das Zimmer war leer. Delahayes Bett war zerwühlt, seine Hausschuhe standen jedoch noch sauber daneben. Das Fenster stand auf. Der Boden vor dem Fenster war nass, der Regen prasselte hinein.

McLane schloss das Fenster und untersuchte kurz das Bett nach möglichen Anhaltspunkten für seine Ermittlungen. Doch er konnte keine Auffälligkeiten finden.

„Legen Sie sich hier schlafen, Byrkenes" sagte er. „Und

versuchen Sie im Übrigen, nicht allzuviel zu berühren oder zu verändern, damit wir morgen noch einen genauen Blick in dieses Zimmer werfen können. Ich möchte die Spuren, sofern es welche gibt, morgen noch sicherstellen können!"

Byrkenes legte seinen Mantel ab und legte sich in das Bett. Als McLane und Engelmann leise seine Sachen herüberbrachten, war er bereits eingeschlafen.

Was ihn auch getroffen hatte, es hatte ihn sehr geschwächt.

McLane schloss die Tür, schloss sie von außen ab und schob den Schlüssel für Byrkenes wieder unter der Tür hindurch.

„Kommen Sie, Engelmann! An die Arbeit!"

Engelmann und McLane gingen zurück durch die beleuchtete Eingangshalle hinaus in den Regen. Nicht ohne Mühe trugen die betagten Herren zuerst die Leiche des Franzosen hinauf in Byrkenes Zimmer, danach holten sie die Leiche Holgerssons.

McLane schloss die Tür ab und nahm den Schlüssel an sich. Dann zog sich Engelmann in sein Zimmer zurück, nachdem sich McLane versichert hatte, dass sich niemand darin befand und wartete, bis er den Schlüssel im Schloss hörte. Dann ging auch er zu Bett, nicht ohne ebenfalls gewissenhaft seine Tür zu verschließen.

Den Schlüssel zog er ab und legte ihn unter sein Kopfkissen.

Am nächsten Morgen versammelte sich die gesamte Gesellschaft im Speisesaal an der Frühstückstafel.

Der Regen prasselte noch immer gegen die Fenster, aber immerhin hatte der Sturm an Kraft verloren.

Cunningmore, der trotz des Todes seiner Frau pflichtbewusst das Frühstück bereitet hatte, sah an diesem Morgen blasser aus und lief mit gebücktem Haupt.

Byrkenes, McLane und Engelmann waren noch nicht anwesend, ebenso verhielt es sich mit Hugo Delahaye.

„Cunningmore!", rief Lord Colmsworth den Diener herbei. „Sie haben für eine Person zu wenig eingedeckt!"

Cunningmore blickte zurück und schüttelte leicht den Kopf.

„Nein, die Anzahl ist richtig."

Danach verschwand er wieder aus der Tür, um den frisch aufgebrühten Kaffee zu servieren.

Colmsworth zählte erneut die Anzahl der Gedecke auf dem Tisch und glich sie mit den ihm bekannten Gästen ab. Doch trotz des Todes von Sveinung Kjaergaard erschien ihm die Anzahl der Gedecke nicht korrekt.

Der Kaffee war serviert und das Frühstück bereits begonnen, als McLane, Dr. Engelmann und der Notar, nun wieder mit gesünderer Gesichtsfarbe, an der Frühstückstafel erschienen.

Die anwesende Gesellschaft schaute in die ernste Miene des pensionierten Ermittlers, der ihnen offensichtlich etwas mitzuteilen hatte.

Langsam verstummte das Gespräch im Saal. Engelmann und Byrkenes hatten unterdessen ebenfalls an der Tafel Platz genommen.

„Unter Umständen,", begann McLane seine Verkündung, „weiß eine Person hier im Raum bereits, was ich den übrigen Anwesenden zu verkünden habe. Der Tod des alten Reeders Kjaergaard am gestrigen Tage ist nicht der Einzige geblieben."

Ein Raunen erfüllte den Speisesaal.

„Delahaye!", stieß Tex aus. „Er fehlt!"

„So ist es!", antwortete McLane schlicht. „Doch leider

nicht nur er."

„Um Himmels Willen, wer denn noch?", rief Assmann mit angsterfülltem Gesichtsausdruck.

„Auch Alma Holgersson weilt nicht mehr unter uns!", warf Engelmann ein, den Emilia Assmann in diesem Moment anschaute.

„Wurden Sie ermordet?", fragte Cerutti.

„Es spricht sehr viel dafür!", antwortete McLane. „Bei Delahaye können wir sogar, soviel möchte ich meine Einschätzung bereits teilen, sehr sicher sein!"

Anastasja Koloschenka saß wie erhärtet vor ihrem Frühstücksteller. Es machte nicht den Eindruck, dass sie so etwas wie Mitleid empfand, doch konnte man möglicherweise eine gewisse Erschrockenheit in ihrem Blick ablesen.

„Wer hat es getan? Wer ist der Mörder?", fragte Lord Colmsworth, nachdem er wieder seine Fassung zurückerlangt hatte.

„Wenn ich das bereits wüsste, so säßen wir vermutlich nicht mehr mit allen Überlebenden gemeinsam an dieser Tafel", antwortete McLane.

„So berichten Sie doch, was geschehen ist!", forderte

Colmsworth neugierig auf.

McLane berichtete, wie er von Dr. Engelmann und dem Butler Cunningmore geweckt worden war. Er erläuterte den Fundort Holgerssons und den mutmaßlichen Erstickungstod. Schließlich setzte er die Gesellschaft auch über den von ihm, Engelmann und Byrkenes beobachteten Sturz Delahayes in Kenntnis sowie über den Defekt des Morseapparates.

Dabei beobachtete er unauffällig die Reaktionen der Anwesenden. Möglicherweise konnte er hieraus schon erste Schlüsse oder Verdachtsmomente ziehen.

„Der Notar, Herr Dr. Engelmann und ich haben am heutigen Morgen bereits die Tatorte besichtigt und mögliche Beweise gesichert. Daher bitte ich auch unsere Verspätung zur Frühstückstafel zu entschuldigen. Über die näheren Untersuchungsergebnisse möchte ich allerdings Stillschweigen bewahren, um das Auffinden des Mörders auf dieser Insel nicht zu gefährden. Ich bitte um Ihr Verständnis."

„Was sollen wir denn jetzt nur tun? Keiner von uns möchte doch das nächste Opfer dieses Unholds sein!", fragte Colmsworth mit besorgter Miene.

„Halten Sie sich nur in Gesellschaft von mindestens zwei weiteren Personen auf oder sehen Sie zu, dass Sie sich einschließen. Einen besseren Rat kann ich Ihnen leider zum derzeitigen Zeitpunkt nicht geben. Schaffen Sie dem Mörder keine Gelegenheiten!", antwortete McLane.

Eine aufgeregte Diskussion nahm ihren Lauf, während Byrkenes, Engelmann und McLane nun auch ihr Frühstück einnahmen.

In der Gewohnheit eines erfahrenen Ermittlers unterließ es McLane dabei, die jeweiligen Gesprächsteilnehmer aus den Augen zu lassen.

Engelmann hingegen ließ sich seine Mahlzeit munden, während er mit Byrkenes die Ereignisse der Nacht fachlich einzusortieren versuchte.

Tex Hakonsson diskutierte vor allem mit Mario Cerutti, während Lord Colmsworth zwanghaft versuchte, in einem eher sachbezogenen Gespräch mit Koloschenka den Anschein eines nüchternen englischen Edelmannes aufrecht zu erhalten. Seine Augen hingegen sprachen eine andere Sprache. Der englische Lord war aufgeregt.

Die kaltschnäuzige Russin hingegen hatte sich bereits wieder beruhigt, ihr Gemütszustand strahlte die gleiche menschliche Gleichgültigkeit aus, die ihr auch sonst zu eigen war.

Als die Gespräche wieder abflauten, nahm Cerutti das Wort.

„Was ist denn jetzt eigentlich unser Plan? Wir müssen uns Hilfe suchen! Wir sind hier offensichtlich mit einem heimtückischen Mörder auf diesem Felsen im Atlantik gefangen. Gibt es keine andere Möglichkeit, Hilfe zu rufen?"

McLane schüttelte den Kopf. „Mir fällt zumindest keine Möglichkeit ein. Für Ideen habe ich allerdings ein offenes Ohr!"

„Wir haben weder ein Boot auf der Insel, noch haben wir eine funktionierende Kommunikationsverbindung mit dem Festland", mengte sich der Notar in die Diskussion. „Ich habe daher als Amtsperson den Staates an Herrn McLane den Auftrag gegeben, diese Mordfälle zu untersuchen und denjenigen unter uns zu finden, der für die Morde verantwortlich ist."

„Ha!", sagte Koloschenka mit einem arroganten Augenaufschlag. „Woher sind Sie sich denn so sicher, dass nicht gerade McLane der Mörder ist? Vielleicht haben Sie ja gerade den Bock zum Gärtner gemacht. Er kann genauso gut der Mörder sein, wie jeder andere hier an der Tafel. Oder sogar Cunningmore!"

„McLane war dabei, als Delahaye vor uns auf dem Boden zu Tode stürzte, genauso wie Dr. Engelmann und meine Person. Das gibt mir genug Anlass, davon auszugehen, dass William McLane nicht der Mörder ist. Außerdem ist er der Einzige auf dieser Insel, der die Erfahrung hat, einen Mörder zu entlarven!"

Koloschenka schüttelte den Kopf. „Ich finde es nicht richtig, unser aller Leben der Hand eines Einzelnen an zu vertrauen. Was ist denn, wenn McLane doch hinter den Morden steht? Vielleicht hat er ja sogar noch einen Gehilfen unter uns. Ist das denn nicht möglich?"

„Sie haben Recht!", antwortete McLane. „Theoretisch, zumindest. Wenn ich einen Helfer hätte, könnte auch ich der Mörder sein. Ich finde Ihren Verdacht nicht anstößig. Wir sollten Vorsicht walten lassen, denn jeder von uns kann es gewesen sein."

„Ich für meinen Teil möchte mein Vertrauen in McLane aussprechen", sagte Dr. Engelmann in die Runde. „Er ist der Einzige, der die Fähigkeiten hat, den Mörder zu finden und ich verdächtige ihn nicht."

„Nun, vielleicht haben wir ja dann schon den Helfer!", giftete Koloschenka kühl zurück.

„Das ist eine unerhörte Unterstellung! Sie vergessen, dass ich ebenfalls draußen stand, als Delahaye stürzte!", empörte sich Engelmann.

„Bitte, bitte!", versuchte der alte Colmsworth zu beschwichtigen. „Es hilft uns nicht weiter, uns gegenseitig anzufeinden. Wir können abstimmen, ob wir McLane das Vertrauen aussprechen! Ich für meinen Teil, und das sage ich selbst als Engländer gegenüber einem Schotten, sehe in McLane einen ehrenvollen Mann, dem ich keine Mordlust zutraue."

Er hob seine Hand.

Engelmann und Byrkenes hoben ebenfalls die ihre.

Dann hob auch Assmann, die sich bislang sehr zurückgehalten hatte, ihren Arm.

Koloschenka, Tex und Cerutti schlossen sich nicht an.

„Nun,", konkludierte Lord Colmsworth, „die Mehrheit hat McLane das Vertrauen ausgesprochen. Selbst wenn Cunningmore an dieser Abstimmung teilgenommen und gegen ihn gestimmt hätte, stünde immer noch eine

Mehrheit, McLane eingeschlossen, hinter ihm. Dann wäre das also geklärt."

Koloschenka schnaubte. „Ich sage ja nicht, das er der Mörder ist. Aber ich möchte auch nicht mein Schicksal in die Hände eines Einzelnen legen!"

„Das müssen Sie auch nicht", antwortete McLane versöhnlich. „Ich schlage Ihnen, Frau Koloschenka, Herrn Cerutti und Herrn Hakonsson vor, dass Sie zu Ihrer eigenen Absicherung meine Person im Auge behalten. Ich habe nichts zu verbergen, daher beobachten Sie gerne mich und meine Arbeit. Ich sage allerdings bereits jetzt, dass ich wesentliche Ermittlungsergebnisse und Erkenntnisse, die ich während meinen Untersuchungen gewinne, nicht mit Ihnen teilen werde. Denn schließlich könnte auch jeder unter Ihnen der Mörder sein. Und mit dem Mörder möchte ich verständlicherweise nicht meine Kenntnisse austauschen!"

Koloschenka schwieg. Sie erkannte, dass Sie nicht, so wie sie es gewohnt war, die Oberhand gewinnen konnte. Das passte ihr nicht.

„Ich werde mich sogleich mit Herrn Dr. Engelmann und Herrn Byrkenes in den Rauchsalon zurückziehen und möchte jeden von Ihnen bitten, zum Verhör zu erscheinen. Ich werde Sie dann einzeln unterfragen. Außerdem bin ich an Ihren ganz persönlichen Verdächtigungen interessiert, um mir ein möglichst umfassendes Bild machen zu können."

Er schaute Hakonsson, Cerutti und Koloschenka an. „Ich bitte auch Sie, daran teilzunehmen. Es dürfte auch in Ihrem eigenen Interesse liegen."

„Und was sollen wir in der Zwischenzeit machen?", fragte Tex. „Auf den Mörder warten, damit er uns auch erledigen kann?"

„Sie sollten sich entweder alleine einschließen oder mindestens zu Dritt aufhalten. Auch das gibt natürlich keine absolute Sicherheit, aber Sie sollten es dem Mörder unter uns nicht einfacher machen, als nötig! Wenn Sie sich im Übrigen in der Zwischenzeit nützlich machen wollen, suchen Sie sich zwei weitere Personen und untersuchen Sie für mich die Insel. Zum einen möchte ich nämlich gerne wissen, ob sich noch eine weitere Person auf dieser Insel aufhält. Das konnten wir bisher schließlich noch nicht ganz ausschließen. Zum anderen sollten Sie schauen, ob wir nicht in der Scheune oder in einem Raum in dieser

Burg ein kleines Boot oder etwa einen anderen Morseapparat finden können. Auch das würde uns doch sehr weiterhelfen. Ich schlage vor, Sie nehmen Cunningmore mit, der kennt sich hier am besten aus!", sagte McLane.

„Wenn er der Mörder ist, wird er uns aber auch sicherlich nicht hinführen!", zweifelte Tex.

„Das Risiko müssen wir eingehen. Absolute Sicherheit besteht auf dieser Insel leider nicht mehr!", antwortete McLane.

„Dann nehme ich Herrn Cerutti und Cunningmore mit", beschloss Tex.

„Gut", McLane nickte. „Ihnen, Frau Koloschenka und Frau Assmann, empfehle ich, Ihre Zimmer aufzusuchen und sich einzuschließen! Lord Colmsworth, ich schlage vor, Sie kommen als Erster mit uns mit."

„Ich werde mich sicher nicht dort einschließen, wo der Mörder mich erwartet!", protestierte Koloschenka. „Da kann ich mich ja auch gleich aus dem Fenster stürzen, so wie Delahaye! Ich werde lieber draußen die frische Luft atmen, solange ich das noch kann!"

„Das bleibt Ihnen überlassen!", antwortete McLane. „Ich

warne allerdings davor, sich alleine draußen aufzuhalten. Das ist leichtsinnig, vor allem als Dame!"

Koloschenka hob ignorant die Schultern.

McLane, Byrkenes und Dr. Engelmann begaben sich in den Rauchsalon, wo sie einen Tisch und die Sessel so zurecht rückten, dass sie die Unterfragung starten konnten. Inzwischen hatte man den blassen Cunningmore in der Küche aufgesucht, sodass er die Frühstückstafel abräumen konnte. Alle Anwesenden sprachen ihm ihr Beileid zu seinem Verlust aus. Tex Hakonsson und Mario Cerutti hatten ihn im Anschluss daran gebeten, mit ihnen die Insel zu durchsuchen, nachdem sie ihn über die Ansprache McLanes unterrichtet hatten. Der Regen hatte inzwischen glücklicherweise weiter an Intensität verloren, so dass ein Spaziergang an der frischen Luft möglich war. Emilia Assmann hatte sich zuvor in Gesellschaft von Koloschenka und Colmsworth auf ihr Zimmer begleiten lassen, das sie sorgfältig verschloss, nachdem sie die Tür geschlossen hatte.

Anschließend hatte Lord Colmsworth im Rauchsalon Platz genommen und sich eine Zigarre angesteckt.

Nachdem man ein Feuer im Kamin entzündet hatte und

die ersten Rauchwolken aus McLanes Pfeife empor stiegen, startete der alte Ermittler die Unterfragung.

„Lord Colmsworth, darf ich Sie fragen, wo Sie sich zu den Zeitpunkten des Todes von Sveinung Kjaergaard, Alma Holgersson und Hugo Delahaye aufgehalten haben?"

„Zu dem Zeitpunkt, in dem der alte Reeder verstorben sein muss, habe ich mich auf meiner Kammer ausgeruht. Ich habe auch nichts mitbekommen, was ich hierzu beitragen könnte. Erst, als zur Abendtafel geläutet wurde, begab ich mich wieder aus meinem Zimmer auf den Weg nach unten."

„Und bei dem Tod von Alma Holgersson und Hugo Delahaye, wo waren Sie dort?", fragte Engelmann.

„Nun, da Sie sagten, es sei in der Nacht geschehen, habe ich zu diesem Zeitpunkt wohl in meinem Bett geschlafen. Ich weiß, dass ich Ihnen hiermit kein gutes Alibi nennen kann, aber es war nun einmal so. Ich habe von den Todesfällen erst heute morgen durch Ihre Ansprache erfahren!"

McLane notierte die Aussage des Lords.

„Lord Colmsworth, wen würden Sie als Mörder

verdächtigen und warum?"

Colmsworth dachte nach.

„Ich denke nicht, dass es mir zusteht, hierüber zu urteilen!", antwortete er.

„Ich habe Sie auch nicht gebeten, jemanden zu verurteilen, sondern nur einen Verdacht zu äußern. Jeder Anhaltspunkt ist wichtig, denn vielleicht haben wir diese Möglichkeit noch nicht in Betracht gezogen", sagte McLane.

Der Lord schwieg noch einen Moment.

„Mein Verdacht ist lediglich gefühlsbasiert,", antwortete er schließlich, „aber mir sind Anastasja Koloschenka und Mario Cerutti verdächtig. Frau Koloschenka hat eine unbeschreibliche Kälte in sich, die ich gut einem Mörder zuschreiben würde. Mario Cerutti ist, was meine Meinung betrifft, ein Mafiosi. Er hat sicherlich einige Leichen im Keller. Warum sollte er also nicht in der Lage sein, so etwas zu tun?"

„Dankeschön!", McLane notierte den Verdacht. „Haben Sie noch etwas, dass Sie hinzufügen möchten?"

„Nun ja, ich werde den Verdacht nicht los, dass die Sache etwas mit dem Unfall des Franzosen zu tun haben könnte.

Der Franzose war, wenn Sie mich fragen, nicht rechtschaffen und schien einige Probleme zu haben. Was ist, wenn sein Unfall ein Mordanschlag war und wenn dieser Unfall eine Verbindung mit den Geschehnissen auf dieser Insel hat?"

„Über diese Möglichkeit habe ich auch schon nachgedacht", antwortete McLane. „Aber dafür gibt es, genau, wie für alle anderen möglichen Motive, noch keinerlei Anhaltspunkte!"

„Sie fragten mich nach meinem Verdacht!", verteidigte sich Colmsworth.

„Und den haben Sie mir genannt. Ich danke Ihnen für Ihre Mithilfe!", entließ ihn McLane. „Würden Sie Frau Koloschenka für mich informieren, dass ich sie gerne als Nächste unterfragen würde?"

Lord Colmsworth knickste kurz mit seinem Haupt und verließ den Salon.

Ihn beschlich ein ungutes Gefühl, als er alleine in der Eingangshalle stand. Was, wenn der Mörder ihm nun auflauerte? Wenn sein Verdacht richtig sein sollte, so musste er sich vor allem vor Koloschenka und Cerutti in Acht nehmen. Cerutti war gerade mit Hakonsson und

Cunningmore unterwegs. Er sollte also im Moment keine Gefahr für ihn darstellen. Doch war es seine Aufgabe, Koloschenka zu finden, die wohl nun auf der Insel spazierte. Er nahm sich vor, auf der Hut zu bleiben und Koloschenka nur aus der Ferne herbeizuwinken, um ihr nicht alleine zu Nahe zu kommen.

Der kurze Spaziergang tat ihm gut, konnte er doch in der frischen Luft wieder klare Gedanken fassen. Der Regen war inzwischen versiegt, lediglich eine steife Brise wehte noch über das Eiland.

Regelmäßig schaute er sich um, doch offensichtlich folgte ihm niemand.

Dort hinten, in der Nähe der Scheune, sah er Tex, Mario und den Butler laufen. Sie blickten ebenfalls kurz zu ihm herüber, bevor sie in der Scheune verschwanden.

Nachdem er etwa hundert Meter weiter an der Steilküste Urters gelaufen war, entdeckte er Anastasja Koloschenka, die auf einem Felsvorsprung saß und aufs Meer hinausschaute.

In dem Moment, in dem sich Lord Colmsworth nicht näher an sie herantraute, erblickte sie den Lord und stand augenblicklich auf.

„Kommen Sie mir nicht näher, Colmsworth!", sagte sie und wich zurück.

„Ich bin nicht der Mörder!", versuchte Colmsworth zu beschwichtigen.

„Das würde ich auch sagen, wenn ich der Mörder wäre!", antwortete Koloschenka. „Was wollen Sie hier?"

„Ich habe nur den Auftrag, Sie zu informieren, dass McLane Sie nun unterfragen möchte!"

„Dann können Sie ihn informieren, dass ich nicht gedenke, seiner Aufforderung nachzukommen. Ich habe ihn nicht zu diesen Ermittlungen bestellt, und ich gedenke auch nicht, diese Ermittlungen zu unterstützen!"

„Ich werde es ihm ausrichten!", antwortete der Lord.

Zügig zog er sich wieder zurück. Ihm erschien die Anwesenheit, hier alleine mit Koloschenka, die er noch soeben in der Unterfragung verdächtigt hatte, zu unsicher.

McLane unterhielt sich unterdessen mit Dr. Engelmann und Byrkenes, dessen Gesicht abermals eine zunehmende Blässe zeigte.

„Was halten Sie von dem Lord?"

Byrkenes räusperte sich und antwortete: „Er kann es

theoretisch gewesen sein. Es spricht nichts dagegen. Er hat für keinen der Todesfälle ein Alibi. Andererseits kann es natürlich auch genauso gewesen sein, wie er berichtete. Er kann die Ereignisse auch einfach auf seinem Zimmer verbracht und verschlafen haben."

McLane nickte. „So sehe ich es auch. Daraus werden wir vorerst jedenfalls nicht klüger. Engelmann, was halten Sie von den Verdächtigungen des Lords?"

„Sie meinen Mario Cerutti und Anastasja Koloschenka?", begann Dr. Engelmann. „Die Verdächtigungen sind nicht von der Hand zu weisen. Auch ich denke, dass Herr Cerutti in Italien in einer ganzen Reihe unlauterer Machenschaften verstrickt ist. Ich würde ihm durchaus dieses Potential zuschreiben, ich denke auch, dass er sich eines gewissen Erfahrungsschatzes in dieser Hinsicht bedienen kann. Aber auch das ist nur ein Verdacht. Was Frau Koloschenka betrifft: Sie ist ein verschlossenes Buch. Aber sie strahlt tatsächlich eine große Kälte aus. Ich könnte es ihr zutrauen!"

„Die Frage ist aber,", warf Byrkenes ein, „der Mörder muss doch kräftig genug gewesen sein, um Delahaye aus dem Fenster zu stoßen. Wäre Koloschenka wirklich dazu in der Lage gewesen?"

Engelmann dachte kurz nach. „Wohl eher nicht! Dafür ist Koloschenka zu schmächtig und Delahaye zu stark. Damit können wir eine Täterschaft Koloschenkas möglicherweise schon ausschließen!"

„Das sollten wir nicht zu vorschnell tun!", fiel McLane ein. „Ich erinnere daran, dass wir in Delahayes Zimmer, in dem Sie nun nächtigen, Herr Byrkenes, keinerlei Kampfspuren gefunden haben!"

„Und was folgern Sie daraus?", fragte Engelmann.

„Im Jahre 1921 fanden wir in der Nähe von Glasgow die Leiche eines stämmigen, älteren Mannes auf der Straße. Schnell stellten wir fest, dass er aus dem dritten Stock gestürzt sein musste. Wir vermuteten zuerst einen Selbstmord, da wir auch einen Abschiedsbrief fanden. Wir konnten allerdings bald feststellen, dass dieser Abschiedsbrief nicht aus seiner Hand stammte, sondern eine Fälschung war. Daher musste es Mord gewesen sein. Doch wir hatten keinerlei Verdächtige. Die Einzige, die in dem zeitlichen Fenster als Mörderin in Frage kam, war seine Tochter. Die war jedoch sehr klein und schmächtig. Sie hätte es niemals geschafft, ihren Vater aus dem Fenster zu stoßen."

„Und war sie trotzdem die Mörderin?", fragte Engelmann interessiert.

„Ja, sie war es! Sie hat später gestanden, dass sie ihren Vater mit einer Waffe vor die Wahl gestellt hatte: Entweder er springt aus dem Fenster, so dass es wie Selbstmord aussieht oder aber sie schießt ihm mit der Pistole in den Bauch und lässt ihn schmerzhaft verbluten. Er wählte den schmerzlosen Tod. Sie ließ es daraufhin wie einen Suizid aussehen. Keine Kampfspuren, nur Zwang zum Selbstmord!"

„Sie meinen,", konkludierte Byrkenes, „wenn Koloschenka es war, hätte sie ihn dazu treiben können, von selbst aus dem Fenster zu springen?"

„Das meine ich!", bestätigte McLane. „Womit ich nicht andeuten will, dass ich auch denke, dass sie es war!"

„Sehr interessant!", murmelte Engelmann. „Aber wie ist sie dann in das Zimmer gekommen? Die Tür war verschlossen. Etwa durch das geöffnete Fenster?"

„Das weiß ich leider auch noch nicht!", sagte McLane.

Dr. Engelmann wandte sich an Byrkenes, der inzwischen wieder mit einem leerem Blick auf dem Portrait des alten

146

Hakonsson hing.

„Byrkenes, geht es Ihnen nicht gut? Sie sehen sehr blass aus!"

„Ich fühle mich wieder sehr matt", antwortete der Notar. „Etwa so wie in der Nacht."

Engelmann beugte sich über ihn und beleuchtete seine Pupillen, dann fühlte er den Puls.

„Was ist mit ihm, Engelmann?", fragte McLane.

„Entweder die Viruserkrankung, oder aber immer noch das Arsen. Es scheint ihn doch mehr mitgenommen zu haben, als ich dachte!"

„Können Sie denn eine erneute Vergiftung ausschließen?"

„Wie sollte ich das ausschließen können?", antwortete Engelmann. „Byrkenes war allerdings den ganzen Morgen bei uns. Ich wüsste nicht, wie man ihm in dieser Zeit eine erneute Dosis Arsen hätte beibringen können. Es ist auch einfach durchaus möglich, dass sein Körper sich noch immer schubweise gegen die Arsenkonzentration vom gestrigen Tage wehrt. Dann braucht Byrkenes einfach wieder etwas Ruhe. Außerdem dürfte er, wenn man ihm noch eine Dosis verabreicht hätte, das nicht überleben. Also entweder, er brütet eine Krankheit aus, oder aber er kämpft noch mit den Symptomen einer gestrigen Vergiftung. Sollte er erneut vergiftet worden sein, dürfte er die nächsten Stunden kaum überleben!"

„Können Sie denn nichts tun?", flehte Byrkenes mit erschrockenem Blick.

„Bedauerlicherweise nein. Es gibt für Arsen kein Gegengift. Sie brauchen jedenfalls Ruhe!"

„Gut. Dann begleiten wir Byrkenes auf sein Zimmer!", beschloss McLane. „Sehen wir zu, dass uns niemand dabei sieht. Wir sollten nicht die Aufmerksamkeit des Mörders erneut auf Byrkenes ziehen!"

McLane schaute aus der großen Salontür in die Eingangshalle. Niemand war zu sehen, auch Koloschenka war noch nicht zu sehen.

Sie gingen mit Byrkenes langsam die große Treppe hinauf in den Zimmertrakt, wo sie ihn wieder in Delahayes Zimmer brachten und auf das Bett setzten.

„Schließen Sie sich bitte ein, Byrkenes. Wir werden regelmäßig zu Ihnen kommen, um nach dem Rechten zu sehen. Öffnen Sie keinesfalls die Tür, wenn nicht offensichtlich wir nach Ihnen fragen!"

Sie schlossen die Tür und warteten, bis sie den Schlüssel

im Schloss hörten. Dann gingen sie wieder nach unten.

Im Rauchsalon wartete inzwischen Lord Colmsworth auf sie.

„Haben Sie Koloschenka nicht finden können?", fragte McLane.

„Doch, sehr wohl. Ich fand sie westlich von der Burg an einer Klippe sitzend, allein. Ich darf Ihnen ausrichten, dass Frau Koloschenka nicht gedenkt, an einer Vernehmung teilzunehmen."

„Das ist sehr bedauerlich!", antwortete der Schotte.

„Wenn Sie mich entbehren können, so würde ich mich nun gerne auf meine Kammer einschließen und mich vor dem Unhold auf dieser Insel in Sicherheit bringen!", sagte der Lord.

„Selbstverständlich, das ist sehr vernünftig!", nickte Engelmann.

McLane und Dr. Engelmann gingen zurück in den Rauchsalon und schlossen die Tür.

Engelmann wandte sich wieder an McLane.

„Wen sollen wir als Nächstes befragen?"

„Ich denke, wir rufen Cunningmore zu uns hinein. Ich habe ihn eben aus der Küche gehört. Die anderen sind noch unterwegs, mit Ausnahme von Frau Assmann. Von ihr erwarte ich mir allerdings die geringsten Informationen, daher würde ich sie eher am Schluss befragen wollen."

Engelmann schaute in das Kaminfeuer.

„Lord Colmsworth verdächtigt Anastasja Koloschenka. Ich finde Frau Koloschenka allerdings ebenfalls sehr verdächtig", sinnierte er. „Sie verhält sich doch merkwürdig, finden Sie nicht?"

McLane nickte. „Aber ich habe bislang noch kein Motiv. Die Erbschaft läge nahe. Je weniger Erben es gibt, umso größer wird die eigene Zuteilung. Und zuzutrauen wäre es ihr wohl. Aber wenn Gier das Motiv ist, warum musste Alma Holgersson dann sterben?"

Tex Hakonsson und Mario Cerutti hatten ihren Streifzug über die Insel vollendet. Zusammen mit Cunningmore hatten sie die Scheune und schließlich auch die übrigen, bisher ihnen nicht bekannten Räume der Burg, einschließlich des großen, verwinkelten Dachbodens durchsucht, dabei jedoch nichts Außergewöhnliches entdeckt. Cunningmore hatte bereits sagen können, dass es kein weiteres Morsegerät auf der Insel gab und sie hatten auch keines entdecken können. Ebensowenig hatten sie eine weitere, unbekannte Person ausfindig machen können. Zumindest alle Gebäude auf dieser Insel schienen, mit Ausnahme der ihnen bekannten Personen, leer zu sein.

Cunningmore hatte sich danach verabschiedet, da er in der Küche noch den Abwasch des Frühstücks und die Vorbereitung des Mittagsmahles zu erledigen hatte. Außerdem schien er nach wie vor sehr mit dem Tod seiner Frau beschäftigt zu sein. Pflichtgetreu erfüllte er die Aufgaben, für die er angestellt war, doch das Ereignis der Nacht hatte ihn verändert.

Er fürchtete sich nicht, alleine in der Küche zu verbleiben. Sollte der Mörder auch ihn holen wollen, so schien er bereit dafür zu sein. Warum sollte dieser alte Diener denn noch alleine auf dieser einsamen Insel leben?

Hakonsson und Cerutti durchstreiften, gemäß ihres Auftrages, noch die weitere Insel, den Friedhof, den Süßwasserteich und fanden schließlich auch Koloschenka an den Felsen, die dort noch immer saß und auf das Meer hinausblickte.

Wenn eines deutlich war, dann, dass der Mörder einer von den ihnen bekannten Anwesenden sein musste. Es gab keine weitere Person auf diesem felsigen Eiland.

Erst da wurde Cerutti und Hakonsson bewusst, dass sie nur noch zu Zweit waren. Sollte einer von ihnen der Mörder sein, so hatte er nun die perfekte Gelegenheit, sich seines Gegenübers zu entledigen. Oder war das zu auffällig? Man wusste schließlich, dass sie es waren, die gemeinsam unterwegs waren. Koloschenka hatte sie zu Zweit gesehen.

Eigentlich vertrauten sich die Herren. Doch was war dieses Vertrauen wert, nachdem man sich doch erst zwei Tage kannte?

Mit einem mulmigen Gefühl traten sie den Weg zurück in die Burg an. Es erschien ihnen schließlich unausgesprochen doch sicherer, sich alleine auf ihre Zimmer zu begeben und diese zu verriegeln.

McLane und Dr. Engelmann klopften an die Küchentüre, um Cunningmore zur Befragung zu bitten.

Der Butler war gerade mit dem Abwasch beschäftigt.

„Herr Cunningmore? Hätten Sie Zeit, zu einer kurzen Befragung im Rauchsalon zu erscheinen?"

Der alte Engländer nickte und trocknete seine Hände ab. Dann folgte er den Herren.

„Herr Cunningmore, haben Sie eine Vermutung, wer Ihre Frau getötet haben könnte?", startete McLane seine Befragung, als sie alle Platz genommen hatten.

Cunningmore schüttelte den Kopf. Eine Träne rollte aus seinem Auge.

„Ich weiß es nicht. Meine Frau hatte keine Feinde. Wir kannten auch keinen der Anwesenden, bevor sie hier alle auf der Insel erschienen sind. Es ist mir ein großes Rätsel!"

„Wie haben Sie sich eigentlich kennengelernt und wie sind Sie hier zu dieser Anstellung gekommen? Sie sind doch Brite, wenn ich mich nicht irre?"

Cunningmore nickte. „Ich habe von 1892 bis 1896 eine Butlerschule in Wales besucht. Dort habe ich mein Handwerk gelernt. Anschließend bin ich über die Anstellung bei einem Lord durch Verbindungen an den schwedischen Hof gekommen und war dort Diener zweiten Ranges, eine sehr angesehene und gut entlohnte

Stellung für einen Butler."

Er zögerte.

„Was ist dann passiert?", hakte McLane nach.

„Im Jahre 1904 ist es zu einer Affaire zwischen mir und eines Mitglieds der schwedischen Königsfamilie gekommen. Es ist uns nicht gelungen, dies geheim zu halten. Letztlich musste ich Schweden umgehend verlassen. Ich wollte eigentlich über Norwegen zurück nach England fahren, doch in Haugesund, wo ich übernachtete, lernte ich dann eine sehr liebevolle Dame kennen. Das war meine Alma. Wir verliebten uns ineinander und ich fand meine Anstellung hier auf Urter, wo ich seitdem mit Alma lebe und arbeite. Wir waren seit achtundzwanzig Jahren verheiratet!"

„Ich verstehe!", sagte McLane. „Und warum haben Sie nach dem Tode Hakonssons nicht die Insel verlassen?"

„Der alte Hakonsson hat uns immer ein Jahr im Voraus bezahlt. Das hat er immer so gemacht, weil er sich nicht monatlich mit der Personaladministration beschäftigen wollte. Dadurch stehe ich also immer noch in Lohn und Brot bei ihm, auch wenn er nun verstorben ist. Meine Arbeitsleistung wurde bereits entlohnt. Wäre Alma nun nicht dieses Schicksal widerfahren, so hätten wir uns auch gerne dem neuen residierenden Erben als Dienerschaft angeboten. Uns gefiel das Leben hier auf Urterborg!"

McLane schwieg einen kurzen Moment.

„Wenn Sie sich die Gesellschaft auf dieser Insel ansehen, wem würden Sie die Morde zutrauen und warum?"

Cunningmore schaute zu Boden.

„Ich möchte niemanden zu Unrecht verdächtigen!"

„Das ehrt Sie!", antwortete McLane. „Dennoch hätte ich gerne Ihre Einschätzung gehört!"

„Ich habe noch einige Kontakte aus früheren Zeiten, über die ich Erkundungen einholen kann. Nachdem ich von Herrn Byrkenes erfuhr, dass wir eine Gesellschaft von Erben empfangen sollen, habe ich, als ich Einkäufe und Besorgungen auf dem Festland verrichtete, ein paar Telefonate getätigt und in Erfahrung gebracht, was über die Namen, die mir durchgegeben worden waren, bekannt war. Alma und ich waren natürlich neugierig, wer die Erben hier auf Urterborg sein würden. So habe ich schon in Erfahrung bringen können, dass Sie, Herr Engelmann, offensichtlich ein sehr renommierter deutscher Arzt sind und Sie, Herr McLane, ein Ermittler von Scotland Yard.

Über Frau Assmann habe ich keine Informationen bekommen können, ebensowenig über Herrn Hakonsson und Frau Koloschenka. Von Herrn Kjaergaard wusste ich, dass er ein reicher Reeder ist und über Lord Colmsworth erfuhr ich, dass er wohl einen Großteil seines Vermögens verloren haben muss. Er hat selbst sein Hauspersonal entlassen müssen. Sie können sich vorstellen, dass sich das in unseren Kreisen sehr schnell herumspricht. Über den Franzosen habe ich erfahren, dass er wohl geschäftlich nicht in den besten Kreisen verkehrt und darüber relativ tief in Problemen steckt. Und mir wurde zugetragen, dass Mario Cerutti ein Kopf der italienischen Unterwelt sein soll. Aber das wird wohl nur vermutet. Sie fragen mich also, wen ich verdächtige? Ich würde es Lord Colmsworth, Hugo Delahaye und Mario Cerutti zugetraut haben.

Hugo Delahaye ist tot, deswegen fällt er heraus.

Lord Colmsworth verkehrt in prekären finanziellen Verhältnissen. Ihm würde es wohl sehr gelegen kommen, wenn es ein paar Erben weniger gäbe.

Mario Cerutti könnte hingegen der Mörder sein, weil er vielleicht in die Geschäfte des Franzosen verstrickt war.

Vielleicht hat der Franzose in seinem Geschäftskreis mitgefischt. Die Mafia soll ja da sehr kurzen Prozess machen. Und wenn er schon dabei ist, kann er auch noch Spuren verwischen, indem er noch ein paar Erben umbringt, wodurch seine Erbschaft noch größer wird."

McLane dachte kurz nach. „Das ist in der Tat ein interessanter Ansatz. Zumindest hätten die beiden ein Motiv. Aber warum musste Ihre Frau dann sterben?"

Cunningmore hob seine Schultern.

„Sie sind bekannt als guter Ermittler, Herr McLane! Vielleicht hat der Mörder Alma umgebracht, um sein Motiv zu verschleiern. Wenn man Alma tötet, wird man vielleicht nicht die Gier nach dem Erbe als erstes Motiv sehen. Vielleicht musste Alma ja nur aus diesem Grunde sterben!"

McLane erhob sich. „Cunninmore, das ist ein sehr interessanter Gedanke! Aus Ihnen wäre sicherlich auch ein guter Ermittler geworden. Ich danke Ihnen für diese detaillierten Informationen. Das wäre erst einmal alles!"

Cunningmore verschwand wieder in seine Küche.

„Sein Gedanke ist nicht von der Hand zu weisen", sagte McLane. Engelmann nickte. „Was wäre, wenn Alma

Holgersson wirklich nur sterben musste, weil der Täter von seinem eigentlichen Motiv ablenken wollte?"

Tex Hakonsson saß am Fenster und schaute über die Insel. Seine Zimmertür hatte er verschlossen.

Wer war bloß der Mörder unter ihnen?

Auf einmal sehnte er sich wieder sehr nach seiner Farm in Texas. Er wollte seine Frau wieder in die Arme nehmen und mit seinem Sohn das Vieh zusammentreiben. Schon gar nicht wollte er hier auf dieser Insel sein Ende finden. Diese Morde waren jedem hier unter Ihnen zuzutrauen, und doch auch wieder niemandem.

McLane, vielleicht war er der Mörder. Dann hatte er sich in die perfekte Situation gebracht.

Dr. Engelmann, ein Arzt, ein Deutscher noch dazu. Denen lag das Blutvergießen in den Genen.

Frau Assmann, auch eine Deutsche. Aber die konnte doch keiner Fliege etwas zu Leide tun.

Mario Cerutti. Ein feiner Kerl, dieser Italiener. Ein Geschäftsmann, so wie er. Aber würde er für ihn seine Hand ins Feuer legen. Hakonsson war sich nicht sicher.

Koloschenka, sie könnte sicher eine Mörderin sein. Das

sah man schon in ihrem kalten, eisigen Blick.

Er seufzte. Eigentlich konnte er sich nur sicher sein, dass er selbst nicht der Mörder war.

Dann fiel ihm ein, dass er McLane noch nicht darüber unterrichtet hatte, dass sie festgestellt hatten, definitiv alleine auf dieser Insel zu sein.

Wenn McLane wirklich nur ermittelte, ohne selbst der Mörder zu sein, dann sollte er diese Information wohl besser wissen.

Tex stand auf und öffnete die Tür. Er trat in den dunklen Flur und ging in Richtung des Treppenhauses.

Er trat gerade durch die Öffnung auf die Galerie der Eingangshalle, als er hinter sich ein metallenes Geräusch vernahm. Erschrocken drehte er sich um.

Er blickte in die entschlossenen Augen seines Mörders, der ausholte, um ihm das blanke, kalte Metall eines historischen Schwertes in den Brustkorb zu rammen.

Tex Hakonsson blieb nur noch ein Moment des Bewusstseins, in dem ihm die Frage beantwortet wurde, wer unter Ihnen in der Lage war, eine solch schreckliche Tat zu begehen.

Doch noch bevor er um Hilfe rufen konnte, schlossen sich

seine Augen für immer.

Kapitel 7

Um fünfzehn Uhr klingelte Cunningmore in der Eingangshalle zur Mittagstafel. Gewöhnlich wurde früher am Tage zur Tafel gebeten, allerdings hatte der Diener nun durch den Tod seiner Ehefrau alle Aufgaben alleine zu erledigen, wodurch er nicht rechtzeitig fertig geworden war. Im Speisesaal hatte Cunningmore die Tafel bereits eingedeckt. McLane und Dr. Engelmann erschienen direkt aus dem Rauchsalon, in dem sie weiter verschiedenste Szenarien durchgegangen waren und erwarteten die übrigen Anwesenden, die nun gleichermaßen ihre Angstgenossen als auch Verdächtige waren.

Emilia Assmann hatte den gesamten Tag auf ihrer Kammer verbracht und die Zeit abgewartet. Als es läutete war sie aufgestanden, hatte ihre Schuhe angezogen und die Türe aufgeschlossen. Schräg gegenüber öffnete sich ebenfalls eine Türe, aus der Lord Colmsworth einen vorsichtigen Blick wagte. Ein Zimmer weiter trat Mario Cerutti auf den Flur und nickte dem Lord und Frau Assmann zu.

„Wollen wir gemeinsam nach unten gehen?", fragte Lord Colmsworth. „Das ist vielleicht das Sicherste!"

„Gern!", antwortete Frau Assmann und trat auf den Gang hinaus.

Mit den abgemessenen Schritten eines Edelmannes schritt Lord Colmsworth, gefolgt von Mario Cerutti, den Gang entlang, der Dame den Vortritt lassend.

Nach einigen Schritten stieß Emilia Assmann einen schrillen Schrei aus und blieb wie angewurzelt stehen.

„Was haben Sie denn, werte Dame?", fragte der Lord besorgt. „Ist Ihnen nicht wohl?"

Dann blickte er voraus, auf die Galerie der Eingangshalle.

„Wer liegt da?", fragte Cerutti.

Der Lord lief auf den leblosen Körper zu.

„Es ist Herr Hakonsson. Er wurde erstochen. Sehen Sie nur, das Schwert steckt noch in seiner Brust!"

Gustav Byrkenes wurde von einem schrillen Schrei, der aus der Richtung seiner Tür kam, wach. Es war der schrille Angstschrei einer Frau.

Byrkenes stand aus dem Bett auf, kämmte sein Haar und wusch sich kurz durch das Gesicht. Er hatte die

Schweißperlen noch auf der Stirn stehen, waren ihm doch immer noch die Worte des Doktors im Gedächtnis geblieben: „Wenn er erneut vergiftet wurde, überlebt er die nächsten Stunden nicht!"

Doch Gustav Byrkenes war noch da, und es ging ihm wieder gut! Er fühlte sich sogar ausgesprochen gut.

Er hatte Hunger, doch zuerst wollte er nachsehen, wer diesen schrillen Schrei ausgestoßen hatte.

Vorsichtig schloss er seine Tür auf und schaute auf den Flur. Am Ende des Flures, dort, wo die große Treppe auf die Galerie mündete, standen Emila Assmann, Lord Colmsworth und Mario Cerutti.

Er gesellte sich dazu.

Cerutti erblickte den Notar.

„Byrkenes! Es ist wieder etwas Schreckliches passiert! Sehen Sie nur!"

Vor der kleinen Ansammlung erblickte Byrkenes Tex Hakonsson, blutig niedergestreckt mit einem antiken Schwert, das noch immer in seinem Brustkorb steckte.

Byrkenes hielt sich sein Taschentuch vor den Mund und lehnte sich gegen die Wand.

„Wir müssen McLane rufen!"

Anastasja Koloschenka betrat gerade von draußen die Eingangshalle, weil sie sich bei Cunningmore nach dem Mittagsessen erkundigen wollte, als sie die Stimme des Lords von der Galerie schallen hörte:

„Koloschenka, holen Sie McLane! Schnell! Tex Hakonsson ist tot!"

Überrascht schaute die Dame mit dem eisigen Blick hinauf zur Galerie. Man konnte nicht recht deuten, ob es Angst, Erschrecken, Mitgefühl oder Gleichgültigkeit war, was sie durch ihre Mimik ausdrückte.

Sie begab sich jedoch umgehend zu der Tür des Rauchsalons.

Im gleichen Moment trat Cunningmore aus der Tür des Speisesaales hinaus, um den Wein zu holen, als er von Koloschenka nach McLane gefragt wurde.

„McLane und Dr. Engelmann sind bereits im Speisesaal," hatte er geantwortet.

„Rufen Sie sie bitte. Offensichtlich wurde Tex ermordet!"

Dem alten Diener entglitten die Gesichtszüge, dann fasste er sich und ging zurück in den Saal.

Kurz darauf kamen McLane und Dr. Engelmann aus dem

Speisesaal gelaufen und rannten, soweit ihr Alter es zuließ, die große Treppe hinauf zu der Gruppe, die sich bei der Leiche versammelt hatte.

Fassungslos betrachteten Sie das Schwert, welches, geradezu den Tod demonstrierend, aufrecht in dem leblosen Körper des amerikanischen Viehzüchters steckte.

McLane zog sich seine Weste aus, gab sie an den Notar und kniete sich über die Leiche. Er betrachtete die saubere Einstichwunde. Das Schwert war mühelos in den Körper eingedrungen. Tex dürfte wohl ziemlich schnell bewusstlos geworden sein.

„Hat irgendjemand etwas gehört oder gesehen?", fragte McLane, nachdem er wieder aufgestanden war.

Die Anwesenden schüttelten die Köpfe.

„Gut, dann machen wir die Befragung kurz:

Verehrter Lord, wo haben Sie sich in den letzten zwei Stunden aufgehalten?"

„Auf meinem Zimmer", antwortete der Lord etwas fassungslos, da er zuerst befragt wurde. „Nach Ihrer Befragung habe ich Frau Koloschenka aufgesucht. Danach habe ich Ihnen Bericht erstattet und bin auf mein Zimmer gegangen. Zu diesem Zeitpunkt lag die Leiche

165

noch nicht hier! Mehr kann ich dazu nicht sagen."

„Gut", antwortete McLane und wandte sich an Anastasja, die sich ebenfalls zu der Gruppe gesellte.

„Frau Koloschenka, wo waren Sie?"

„Ich habe die ganze Zeit draußen an den Klippen verbracht. Das kann sowohl der Lord, als auch Herr Cerutti bestätigen. Sie beide haben mich dort sitzen gesehen. Ich bin soeben erst wieder in die Burg gekommen!"

„Herr Cerutti, können Sie das bestätigen? Wo waren Sie in den letzten zwei Stunden?"

Cerutti räusperte sich. „Ich kann bestätigen, Frau Koloschenka an den Klippen gesehen zu haben. Da war Tex aber noch am Leben, er war dabei. Ich kann daher nicht sagen, wo Frau Koloschenka war, als Tex ermordet wurde. Ich befand mich ebenfalls auf meinem Zimmer. Tex Hakonsson ist mit mir zusammen in den Zimmertrakt und dann in sein Zimmer gegangen. Ich weiß nicht, warum er wieder auf den Flur gelaufen ist!"

McLane nickte. „Frau Assmann, wo waren Sie?"

„Ich war die ganze Zeit seit dem Frühstück auf meinem Zimmer und habe mich nicht fortbewegt!"

„Cunningmore, wo waren Sie?"

„Ich war zuerst mit Tex Hakonsson und Mario Cerutti in der Scheune, danach hier in der Burg unterwegs. Anschließend war ich in der Küche und bei Ihrer Befragung. Ich habe nichts gehört!"

„Herr Byrkenes, haben Sie denn etwas mitbekommen?"

„Leider nein, Herr McLane. Ich habe die ganze Zeit geschlafen und bin erst durch den Schrei von Frau Assmann wach geworden. Auch ich habe leider nichts mitbekommen!"

McLane seufzte. „Es bleibt also wieder einmal festzustellen, dass fast jeder von uns die Möglichkeit hatte, Tex Hakonsson hier an dieser Stelle unbemerkt umzubringen. Frau Koloschenka, ist meine Annahme richtig, wenn ich vermute, dass Sie eine Puderdose bei sich tragen?"

Anastasja nickte.

„Würden Sie mir Ihre Puderdose für einen kurzen Moment ausleihen?"

Koloschenka holte eine silberne Schatulle hervor und reichte sie dem alten Schotten.

McLane öffnete die Dose, nahm den Zerstäuber und

bepuderte den Griff des alten Schwertes. Dann sah er sich den Griff detailliert an.

„Es ist leider, wie ich vermutet habe. Keine Fingerabdrücke auf dem Griff! Der Mörder hat entweder Handschuhe getragen, oder er hat seine Spuren gründlich abgewischt. Wo kommt denn dieses Schwert her? Cunningmore, erkennen Sie dieses Schwert?"

„Dieses Schwert hing immer an der Wand, dort hinten, am Ende des Ganges!", er deutete in die Richtung des Zimmertraktes. „Ich habe es alle drei Monate gereinigt und geölt. So wie alle historischen Schwerter, die in dieser Burg hängen."

„Wie viele Schwerter hängen hier in der Burg an den Wänden?", fragte McLane.

Cunningmore dachte kurz nach. „Sechzehn. Fünfzehn, wenn wir dieses Schwert nicht mehr mitzählen."

„Es erscheint mir sinnig, diese Schwerter einzusammeln und wegzuschließen!", sagte McLane bestimmt. „Ich denke, keiner von uns möchte von dem gleichen Schicksal ereilt werden wie Tex Hakonsson. Byrkenes, fühlen Sie sich soweit wieder gesund?"

Der Notar nickte.

„Gut, dann empfehle ich, dass Sie gemeinsam mit Dr. Engelmann und Cunningmore die Schwerter einsammeln und an einem sicheren Ort verschließen. Das gilt auch für alle anderen Waffen, die Sie hier noch finden sollten. Den Schlüssel nehmen Sie dann an sich!"

Der Notar, der Arzt und der Butler machten sich an die Arbeit.

McLane, Lord Colmsworth und Mario Cerutti trugen die Leiche in Tex Hakonssons Zimmer, legten sie, nachdem McLane das Schwert herausgezogen hatte, auf das Bett und bedeckten sie mit einer Decke.

Anschließend verschloss McLane die Tür und nahm auch diesen Schlüssel in Verwahrung.

Anastasja Koloschenka und Emilia Assmann blieben in der Nähe der Männer, misstrauten sie sich doch gegenseitig.

Anschließend begaben sie sich gemeinsam in den Speisesaal, wo sie an der gedeckten Tafel Platz nahmen und auf Byrkenes, Colmsworth und Cunningmore warteten.

Nach einiger Zeit kamen die drei übrigen Männer mit den inzwischen kalten Speisen aus der Küche und servierten das Essen.

Cunningmore wollte sich bereits, so wie es sich für einen Diener gehört, still verabschieden und seine Mahlzeit in der Küche einnehmen, als ihn McLane zurückrief.

„Cunningmore, es erscheint mir angebracht, dass Sie hier gemeinsam mit uns speisen. Es ist nun ohnehin ein Gedeck überzählig. In Anbetracht des sicher vorhandenen Gesprächsbedarf in dieser Gesellschaft sollten Sie an unserer Runde teilnehmen."

„Ich muss protestieren!", polterte Lord Colmsworth. „Es ist wohl kaum im Sinne der Etikette, dass ein Diener in Gesellschaft der Herrschaft speist!"

McLane blickte zu ihm und hob die Augenbrauen.

„Lord Colmsworth, wir befinden uns hier weder in England, noch ist es an Ihnen, zu bestimmen, wer an diesem Tische speist und wer nicht. Oder bezahlen Sie etwa das Salär des Dieners?"

Lord Colmsworth schwieg. Dieser Schotte hatte keinen Respekt vor dem englischen Adel, so viel hatte er begriffen. Und was wollte McLane mit seiner Frage zu dem Salär Cunningmores andeuten? Konnte er von seiner klammen finanziellen Lage wissen? Wohl kaum.

Er schaute in die Runde, doch offensichtlich hatte er auch von anderer Seite keine Unterstützung zu seiner Haltung zu erwarten.

Cunningmore nahm an der Stelle des verstorbenen Amerikaners Platz und schwieg ebenfalls. Es war nicht an ihm, in dieser Runde das Wort zu ergreifen.

Eine Zeit lang blieb es in der Runde ruhig. Ein jeder nahm in seine eigenen Gedanken versunken seine Mahlzeit ein.

McLane hingegen betrachte aufmerksam jede Regung der Anwesenden, in der Hoffnung, möglicherweise Hinweise auf den Mörder zu bekommen.

Nach einer Weile hielt es Lord Colmsworth nicht mehr an sich, er rief in die schweigsame Runde:

„Sprechen wir doch einfach aus, was wir alle denken: Cerutti, Sie sind es! Sie sind der Mörder! Geben Sie es zu! Sie sind doch der einzig Kriminelle unter uns. Sie sind ein italienischer Mafiosi, wer von uns sollte sonst in der Lage sein, so viele Menschen ihres Lebens zu berauben? Das machen Sie in Italien doch Tag für Tag!"

Cerutti blickte den Lord entgeistert an.

„Was erlauben Sie sich, Lord Comsworth? Ich habe mit den Morden nicht das Geringste zu tun! Und was wissen

Sie schon, was meine Geschäfte in Italien sind?"

„Die Gerüchte über Sie sind relativ eindeutig!", konterte der Lord ungehalten. „Wer sollte es denn gewesen sein, wenn nicht Sie es waren?"

„Wenn ich das wüsste, gäbe es hier vermutlich noch eine Leiche! Und die dürften Sie mir dann zuschreiben, werter Lord!"

„Unsinn!", entgegnete der Lord. „Geben Sie es doch zu, Sie waren es, der soeben das Schwert in die Brust des armen Amerikaners gestochen hat!"

„Warum hätte ich das tun sollen?", rief Cerutti erbost. „Ich habe mich sehr gut mit Tex verstanden! Und überdies: Wenn ich ihn wirklich hätte umbringen wollen, dann hätte ich dies schon viel früher tun können. Ich bin heute mit Tex zusammen über die Insel gelaufen. Ich hätte Gelegenheiten genug gehabt, ihm dort etwas anzutun. Warum hätte ich warten sollen, bis wir wieder in der Burg waren, wo ich jederzeit von jemandem überrascht hätte werden können? Ihre Unterstellungen sind irrsinnig!"

„Vielleicht gerade, damit wir alle denken, jemand anderes sei es gewesen!", antwortete der Lord.

„Und was hätte ich für ein Motiv?", rief Cerutti sichtlich

aufgeregt.

„Woher soll ich das wissen?", antwortete der Lord. „Aber Sie können es uns ja verraten!"

„Werter Lord Colmsworth,", unterbrach ihn McLane, „wie mir zu Ohren gekommen ist, könnte man Ihnen auch ein Motiv unterstellen!"

Der Lord sah ihn entgeistert an. „Was wollen Sie damit sagen?"

„Ich will damit sagen, dass Sie auch, genau wie jeder andere hier an der Tafel, der Mörder sein können." McLane wandte sich in die Runde.

„Hier ist jeder unschuldig, bis seine Schuld bewiesen werden kann. Genauso ist zur Zeit auch jeder grundsätzlich verdächtig. Ich bitte Sie daher alle, die Nerven zu bewahren. Wilde Verdächtigungen und Anschuldigungen bringen uns nicht weiter. Wenn Sie Hinweise auf den Mörder haben, so teilen Sie mir diese mit. Und seien Sie ferner umsichtig!"

Wieder an Lord Colmsworth gewandt, sagte er: „Es gibt derzeit keinen Anhaltspunkt dafür, dass Mario Cerutti verdächtiger sein könnte, als andere hier. Bewahren Sie Ruhe!"

„Ich werde mich jedenfalls besonders vor ihm in Acht nehmen!", murmelte der Lord.

„Sie sollten sich vor jedem in Acht nehmen! Sonst sind Sie möglicherweise der Nächste, den wir zu betrauern haben!", ermahnte ihn McLane.

Schweigsam nahm die Gesellschaft den Rest der Mahlzeit zu sich. Lord Colmsworth und Mario Cerutti verfinsterten ihre Mienen, wenn sich ihre Blicke trafen. Emilia Assmann saß in sich gekehrt in ängstlicher Haltung vor ihrem Teller. Anastasja Koloschenka strahlte die ihr eigene Kälte aus, so dass ein Außenstehender bei ihrem Anblick niemals vermutet hätte, was sich auf dieser Insel abgespielt hatte.

Dr. Engelmann sah nachdenklich aus, nichtsdestotrotz hatte er einen guten Appetit. Gustav Byrkenes sah man ebenfalls die Unbehaglichkeit dieser Situation an.

McLane ließ sich hingegen kaum anmerken, dass er die anwesenden Personen geradezu pausenlos studierte.

„Um den Täter von den Opfern zu unterscheiden, muss man das Schauspiel durchschauen!", hatte ihn einmal ein Professor gelehrt. Das hatte sich McLane gemerkt, und er war gut darin, einen Schauspieler zu erkennen.

Doch so sehr er auch versuchte, die Gesellschaft zu lesen, bislang war es ihm noch nicht gelungen, denjenigen zu entlarven, der hier eine ängstliche Miene zu einem teuflischen Spiel machte.

Er betrachtete Anastasja Koloschenka. Sie war kalt, hartherzig und unnahbar. Sie war im Grunde genommen eine perfekte Mörderin. Sie hatte auch für keinen der Morde ein sicheres Alibi. Sicherlich, sie bewehrte, sich heute den ganzen Tag bei den Klippen aufgehalten zu haben. Das konnte für bestimmte Zeitfenster auch bestätigt werden. Doch war sie wirklich erst nach dem Mord an Tex Hakonsson wieder in die Burg gegangen?

Niemand konnte mit Gewissheit sagen, ob Koloschenka nicht vielleicht doch einmal früher die Burg betreten hatte. Theoretisch war es sicherlich möglich.

Auch für die übrigen Morde kam sie als potentielle Täterin in Frage.

Lord Colmsworth, war er wirklich dieser Edelmann, für den er sich ausgab? Er war teilweise arrogant und überheblich. Für einen Briten der Oberschicht allerdings kein ungewöhnliches Auftreten. Das wusste McLane aus Erfahrung. Doch auch Lord Colmsworth wäre nicht der erste Lord aus der britischen Aristokratie, der einen Mord begehen könnte. In seiner Laufbahn hatte McLane gleich zwei mordende Adelige dingfest machen können.

Auch Lord Colmsworth hatte für die Mordzeiten kein Alibi. Die Beschuldigungen an Ceruttis Adresse könnten auch ein geschicktes Ablenkungsmanöver sein, um den Verdacht von seiner eigenen Täterschaft ab zu rücken.

Ein Motiv hatte Colmsworth sicherlich, wenn die Aussage von Cunningmore stimmte, dass der Lord finanziell sehr eng gestellt war.

Doch auch dann stellte sich die Frage, welche Rolle der Tod Alma Holgerssons spielte. War er auch nur ein Ablenkungsmanöver?

Dann saß neben ihm Dr. Friedrich Engelmann. Diesen Herren hatte er bereits besser kennenlernen dürfen. Ein fähiger Mediziner mit großer Reputation. Der leicht übergewichtige ältere Herr schien ein ehrliches Antlitz zu haben. Hatte er ein Motiv?

Er war auch ein Erbe. Diese Tatsache allein könnte ein Motiv sein, bei jedem von ihnen, Gustav Byrkenes und Cunningmore ausgeschlossen.

War Engelmann fähig, diese Morde zu begehen? McLane

war sich nicht sicher. Doch konnte Engelmann überhaupt der Mörder sein?

Nein, wohl kaum, denn Engelmann war persönlich bei ihm anwesend, sowohl, als Delahaye starb, als auch beim Tode von Tex Hakonsson.

Zu seiner Rechten saß Gustav Byrkenes, der Notar. Er war persönlich anwesend beim Tode von Hugo Delahaye. Byrkenes war ein, so hatte er ihn kennengelernt, rechtschaffener und aufrichtiger Mann. Offensichtlich wurde er, auch wenn dies nicht sicher bewiesen werden konnte, selbst mit Arsen vergiftet. Warum könnte der Mörder es auch auf ihn abgesehen haben? Das galt es noch zu klären. Aber vor allem: Gustav Byrkenes hatte kein Motiv. Byrkenes war weder ein Erbe, noch war er irgendwie in diese Familiengeschichte verstrickt.

McLane schaute weiter in die Runde. Der nächste mögliche Täter war Cunningmore. Cunningmore war, wie Byrkenes auch, nicht in die Erbschaftssache verstrickt. Er hatte keinen Vorteil dadurch, dass sich die Zahl der Erben reduzierte. Es gab nur zwei belastende Indizien, die für Cunningmore sprachen. Der eine war der Tod von Alma Holgersson. Cunningmore wäre nicht der erste Ehemann, der sich auf mordende Weise seiner Ehefrau entledigt. In über dreißig Prozent der Fälle ist der Mörder der Ehegatte. Ein nicht zu vernachlässigendes Motiv. Andererseits hatten Cunningmore und Holgersson nicht den Eindruck gemacht, mit sich oder ihrem Leben unzufrieden zu sein. Gleichermaßen erschien die Trauer des Dieners sehr echt. Dennoch, wer der Mörder auch war, er war ein guter Schauspieler. Das andere belastende Indiz war der defekte Morseapparat. Zwar wussten alle Anwesenden, dass es dieses Gerät auf der Insel gab, doch nur Cunningmore wusste, wo dieser Apparat stand. Es wäre ein Leichtes für ihn gewesen, diese einzige Kommunikationsverbindung zum Festland zu zerstören, ohne dass dies jemandem aufgefallen wäre.

Dann saß dort noch Mario Cerutti. Zugegeben, Cerutti war eine windige Gestalt. Auch McLane hatte seine Zweifel daran, dass Cerutti in seinem Heimatland sein Vermögen rechtschaffen verdiente. Wenn Cerutti tatsächlich in der Unterwelt zu Hause war, dann wären ihm die Morde durchaus zuzutrauen gewesen.

Auch Cerutti war ein Erbe, und er könnte sein Vermögen wesentlich vergrößern, wenn er andere Miterben aus dem

Weg räumen würde. Und wie man das erledigte, das lernte man in Unterweltkreisen bereits im Kindesalter.

Wenn es stimmen sollte, was der Lord gemutmaßt hatte, dann könnte Cerutti auch in die Machenschaften des Franzosen verstrickt gewesen sein. Was war, wenn der Franzose, ohne es genau zu wissen, Mario Cerutti Geld schuldete oder in seine Geschäftskreise eingedrungen war? Das wäre ein sehr hartes Motiv.

Hatte Cerutti dann alle anderen umgebracht, weil er keine Zeugen hinterlassen wollte? Auch das war in Kreisen mit mafiosen Strukturen nichts Ungewöhnliches.

Aber warum mussten Sveinung Kjaergaard und Alma Holgersson vorher sterben? Alles nur ein großes Ablenkungsmanöver?

Und dann war da noch die schüchterne Emilia Assmann. Sie war unscheinbar, geradezu unsichtbar. Eine gute Ausgangsposition, um zu morden. McLane merkte augenblicklich, dass er ihre mögliche Täterschaft in der ganzen Zeit nicht einmal wirklich ernsthaft in Betracht gezogen hatte! War sie wirklich so unscheinbar, wie sie sich gab? Stille Wasser flossen bekanntlich tief. Musste er sie besser im Auge behalten? Assmann kam, soweit er das beurteilen konnte, nicht aus vermögenden Verhältnissen. Sich das ganze Erbe anzueignen wäre für diese Frau vermutlich mehr wert, als ein Lottogewinn. Es war wohl die einzige Chance, dem Leben, das sie führte, zu entfliehen. Welche Frau träumte nicht von einem Leben in Wohlstand und der „besseren Gesellschaft"?

McLane beschloss, Emilia Assmann von nun an besser im Auge zu behalten.

Als sich die Mahlzeit dem Ende neigte und Cunningmore sich daran schickte, die Reste abzuräumen und sich wieder in die Küche zu begeben, beschloss die Gesellschaft, den Nachmittag gemeinsam im Rauchsalon zu verbringen, um so dem Mörder unter ihnen keine Möglichkeit zu geben, erneut zuzuschlagen.

Auch die Damen, die sonst die qualmenden Zusammenkünfte der rauchenden Herren mieden, gesellten sich nun hinzu.

So war es dem Mörder unmöglich, ungesehen ein weiteres Opfer zu finden. Am heutigen Tage sollte niemand mehr sterben müssen.

Lord Colmsworth mied die Nähe von Mario Cerutti. Nach den vorgetragenen Anschuldigungen verspürte keiner der beiden Herren die Lust der gegenseitigen Gesellschaft.

Lord Colmsworth gesellte sich zu McLane, Engelmann und Byrkenes, während es Mario Cerutti vorzog, sich zu Anastasja Koloschenka zu gesellen.

Emilia Assmann hingegen nahm auf einem Stuhl in der Ecke Platz, wo sie ein Buch nahm und zu lesen begann.

McLane zündete seine Pfeife an, nahm ein paar Züge und wandte sich dann an den Lord, der ebenfalls in den Rauchwolken seiner frisch entzündeten Zigarre saß.

„Lord Colmsworth, bei allem Respekt, was ist vorhin in Sie gefahren?"

„Ich habe den Mörder entlarvt!", sagte der Lord trocken.

„Ihnen mögen die Indizien vielleicht nicht genügen, für mich ist der Fall klar! Je länger Cerutti hier frei rumlaufen kann, desto gefährlicher leben wir alle hier. Ich kenne diesen Typ Mensch, den Mafiosi. Für jemanden, wie Cerutti einer ist, zählen Menschenleben gar nichts. Die sind nur auf ihren Profit aus! Wenn Sie es uns allen leichter und sicherer machen wollen, dann sperren Sie ihn auf der Stelle weg!"

„Ich verstehe beim besten Willen nicht, was sie so sicher macht, dass Cerutti der Mörder ist", entgegnete McLane.

„Ich kann dafür noch keinen Beweis finden!"

„Was interessiert mich ein Beweis, wenn es um mein Leben geht?", empörte sich der Lord. „Wir spüren es doch alle, dass Cerutti es ist, nicht wahr? In dieser Situation brauchen wir keine Beweise, wir brauchen Sicherheit!"

McLane schüttelte den Kopf.

„Nein, werter Lord, so geht das nicht. Auch nicht hier, alleine auf der Insel. Cerutti kann genauso gut unschuldig sein. Ich werde niemanden festsetzen, von dem ich nicht überzeugt sein kann, dass er derjenige ist, nach dem wir suchen."

„Dem kann ich nur zustimmen!", sagte Byrkenes. „Ich habe als Vertreter des norwegischen Staates Herrn McLane die Untersuchung übertragen, damit er den wahren Mörder findet, nicht, damit er haltlosen Beschuldigungen nachgeht. Wir müssen rechtschaffen handeln!"

Der Lord schnaubte hörbar und sah argwöhnisch zu Cerutti hinüber, der sich mit Koloschenka im Gespräch befand. „Da sitzen die richtigen Beiden zusammen", dachte er sich grimmig.

McLane sah unterdessen zu Emilia Assmann herüber und

dachte nach. Wäre sie wirklich in der Lage, diese Morde zu begehen?

Auf einmal erhob er sich aus dem Stuhl und rief herüber: „Frau Assmann, nehmen Sie doch bitte Ihren Stuhl mit und gesellen Sie sich zu uns, bitte! Wir würden uns sehr über Ihre Gesellschaft freuen!"

„Warum spricht er für uns alle?", murmelte der Lord gerade so laut, das Engelmann und Byrkenes ihn verstehen konnten. „Ich habe kein Interesse an der Gesellschaft dieser farblosen Person!"

Emilia Assmann blickte auf und nickte. Dann legte sie ihr Buch zur Seite, nahm den Stuhl auf und trug ihn mit einiger Mühe zu den Herren. Engelmann wollte sich soeben erheben, um der Dame den Stuhl zu tragen, als McLane ihm ein Zeichen gab, sich wieder hinzusetzen.

Der Schotte betrachtete Frau Assmann interessiert, als sie den Stuhl durch den Raum trug. Sie stellte den Stuhl zu dem Kreis der Herren und hängte ihre Strickjacke über die Lehne.

„Guten Abend, die Herren!", sagte Emilia Assmann höflich, bevor sie in der kleinen Runde Platz nahm.

„Frau Assmann, möchten Sie uns keine Gesellschaft

leisten?", fragte Dr. Engelmann freundlich. „Sie halten sich sehr im Hintergrund."

„Ich bin Gesellschaft nicht sehr gewöhnt," antwortete Assmann schüchtern.

„Gibt es denn einen Herrn Assmann?", fragte McLane.

Emilia Assmann schüttelte den Kopf. „Ich lebe alleine."

„Wie geht es Ihnen denn mit den Geschehnissen der letzten zwei Tage?"

„Ich fürchte mich!", antwortete Assmann kurz. „Ich hoffe, Sie können den Mörder schnell identifizieren."

„Ich verwende meine gesamte Erfahrung darauf", antwortete McLane und ließ ein Rauchwölkchen aus seiner Pfeife aufsteigen.

„Wer, denken Sie, ist der Mörder?", fragte McLane nach einer kurzen Pause.

Assmann zögerte.

„Nur zu!", ermunterte er sie.

„Ich möchte dazu lieber nichts sagen!", antwortete Assmann.

„Wieso möchten Sie uns Ihre Einschätzung denn nicht mitteilen?", fragte Dr. Engelmann.

„Ich möchte nicht selbst das Opfer werden!", sagte

Assmann. „Wenn der Mörder unter Ihnen ist, so wird er mich doch sicherlich als nächstes töten wollen, wenn ich ihn richtig verdächtige!"

„Ich kann Ihre Zurückhaltung verstehen", McLane nickte. „Aber ich denke, das macht für den Mörder keinen Unterschied!"

„Wieso denken Sie das?", fragte Lord Colmsworth.

„Weil ich auch noch lebe,", antworte der Schotte, „und ich bin wohl am gefährlichsten für ihn!"

„Sie denken, dass der Mörder sich in Sicherheit wiegt?", fragte Byrkenes.

„Ja, so ist es. Wenn ich ihm dicht auf der Spur wäre, dann wäre ich wohl schon zum Opfer geworden!"

Nach einer Weile, Dr. Engelmann referierte gerade über die Behandlungsmöglichkeiten von schweren Stichverletzungen, wandte sich McLane an den Notar.

„Byrkenes, wollen Sie mich bitte in die Küche begleiten? Ich möchte Cunningmore bitten, für uns alle einen Tee aufzusetzen."

„Selbstverständlich,", antwortete Byrkenes, „eine sehr gute Idee!"

Byrkenes verließ mit McLane den Rauchsalon.

In der Eingangshalle sagte McLane: „Wir gehen natürlich nicht in die Küche!"

„Nicht?", fragte Byrkenes.

„Nein!"

McLane zog einen Schlüssel aus seiner Westentasche. „Das ist der Schlüssel von Emilia Assmanns Zimmer. Ich habe ihn gerade unbemerkt aus ihrer Strickjacke gezogen. Es erscheint mir angebracht, Frau Assmann einer genaueren Prüfung zu unterziehen. Bislang hatte ich Frau Assmann nie konkret im Verdacht, weil sie unscheinbar ist und sich immer ein wenig abseits der Gesellschaft aufhält. Sie geht in der Gesellschaft unter und fällt nicht auf. Doch gerade das wäre für einen Mörder eine hervorragende Ausgangsposition. Sie hat auch für keinen der Morde ein Alibi. Niemand hat sie zu den Zeitpunkten der Delikte gesehen, nicht wahr?"

Byrkenes machte ein nachdenkliches Gesicht. „Richtig! Aber eine Sache stört mich an dem Gedanken, dass sie es sein soll!"

McLane schaute ihn an. „Was denn?"

„Tex Hakonsson wurde mit einem Schwert erstochen.

Denken Sie wirklich, Frau Assmann ist stark genug, um Hakonsson mit dem Schwert zu ermorden?"

„Ja,", antwortete McLane, „denn ich habe Frau Assmann soeben nicht ohne Hintergedanken in unsere Runde gebeten."

„Warum haben Sie sie dann zu uns gebeten?"

„Ich wollte eigentlich nur sehen, ob sie den Stuhl zu uns tragen konnte. Wer diesen Stuhl tragen kann, kann auch ein Schwert heben!"

Byrkenes schaute ihn verblüfft an. „Ich begreife langsam, warum Sie als Ermittler so erfolgreich waren."

„Vielen Dank. Aber nun müssen wir uns beeilen. Ich möchte nicht, dass Assmann merkt, dass wir nicht nur in der Küche waren!"

Schnell liefen sie über die große Treppe und die Galerie in den Zimmertrakt. McLane steckte den Schlüssel in das Schloss und schloss die Tür zum Zimmer der Frau Assmann auf.

Sie betraten ein fein säuberlich aufgeräumtes Zimmer. Das Bett war sauber zusammengelegt, die Kammer gelüftet worden. Auf dem Nachtkästchen stand ein Wecker und lagen zwei Bücher. McLane blätterte zügig hindurch, nach

Besonderheiten suchend.

Byrkenes hatte inzwischen den Kleiderschrank geöffnet. Auf dem Boden stand der Koffer, den Frau Assmann mitgebracht hatte, er war leer. Ihre Kleidung lag gefaltet im Schrank oder hing, ordentlich geknöpft, auf den Kleiderhaken.

McLane hatte inzwischen die Schublade des Nacht-kästchens aufgezogen. Neben ein paar medizinischen Kompressen entdeckte er etwas, das ihn näher interessierte.

Er nahm ein braunes Medizinfläschchen aus der Schublade.

„Fowlersche Lösung 80 %, Marienapotheke Bilk" prankte auf einem kleinen Zettel an der Flasche.

„Byrkenes, wissen Sie, was eine Fowlersche Lösung ist?", fragte McLane. Der Notar schüttelte den Kopf.

McLane betrachtete das Fläschchen genau, danach setzte er es zurück und schloss sorgfältig die Schublade. Man sollte nicht sehen, dass sie hier im Zimmer gewesen waren.

Dann wandte sich McLane ebenfalls dem Kleiderschrank zu. Gründlich durchsuchte er die Kleidungsstücke, ohne sie durcheinander zu bringen.

„Nach was suchen Sie?", fragte Byrkenes.

„Nach allem, was für die Ermittlungen interessant sein könnte. Ich merke mir, was ich finde. Manchmal erkennt man erst im späteren Verlauf der Ermittlungen, welches die wertvollen Puzzlestücke sind!"

McLane fand in den Taschen einen Rosenkranz, eine kleine Taschenuhr, eine silberne Kette und ein Medaillon. Mehr war in dem Schrank nicht zu finden.

Byrkenes hängte die Kleidung wieder ebenso sorgfältig zurecht, wie er sie vorgefunden hatten und schloss die Tür des Kleiderschrankes.

Nach einem weiteren gründlichen Blick durch das Zimmer verließen die Männer in Anbetracht der geringen Zeit, die ihnen zur Verfügung stand, wieder den Raum.

McLane schloss die Tür wieder ab und nahm den Schlüssel an sich.

Leise machten sie sich auf den Weg zur Treppe. Als sie in der Eingangshalle angekommen waren, wurden sie auf den großen Tumult im Rauchsalon aufmerksam.

Auch Cunningmore kam aus der Küche gelaufen, als er die aufgeregten Geräusche aus dem Saal vernahm.

„Cunningmore,", rief McLane von der Treppe, „was ist da los?"

Cunningmore hob die Schultern, während er die große Tür zum Salon öffnete.

Lord Colmsworth kam ihm schon entgegen.

„Wo ist McLane?"

„Ich bin hier!", rief der Schotte, der mittlerweile am Fuße der Treppe angekommen war. „Was ist geschehen?"

„Cerutti ist tot!"

Kapitel 8

Wenige Schritte später standen McLane und Byrkenes in der Tür des Rauchsalons.

Cerutti saß noch auf dem gleichen Platz, auf dem er zuvor gesessen hatte, als er mit Koloschenka im Gespräch war.

Seine Augen waren weit aufgerissen, aber leer und regungslos. An seinem Mund klebte ein weißlicher Schaum, den er kurz vor seinem Tod aufgehustet hatte.

Seine Gesichtsfarbe war noch nicht blass, sie war hochrot. Die Äderchen in seinen Augen waren geplatzt und das ursprüngliche Weiß war zu einem tiefen Rot geworden.

„Engelmann! Was ist passiert?"

McLane schritt auf den Doktor zu, der sich über die Leiche beugte. Emilia Assmann stand in gebührendem Abstand und sah dem Doktor zu.

McLane ließ im Vorbeigehen den Schlüssel wieder in die Tasche der Strickweste gleiten, die immer noch über dem Stuhl hing und begab sich zu der Leiche Ceruttis.

„Kurz, nachdem Sie den Salon verließen, begann Cerutti zu stöhnen und zu husten. Er hatte einen hochroten Kopf und Schweißperlen auf der Stirn. Bald schon konnte er nicht mehr sprechen, sondern hielt sich seine Kehle fest. Dann spuckte er diesen weißlichen Schaum aus, den Sie hier noch sehen können. Noch keine Minute später war er tot. Ich konnte nichts für ihn tun!"

„Somit ist Mario Cerutti bereits das fünfte Opfer!", konkludierte McLane und schüttelte den kopf. „Woran ist er gestorben?"

„Eindeutig eine Vergiftung!", stellte Dr. Engelmann fest. „Er wurde mit einem Mittel vergiftet, das seinen Herzschlag so beschleunigt hat, dass der Blutdruck ihn umgebracht hat. Daher der rote Kopf und die geplatzten Adern in seinen Augen. Ich denke, er ist bereits gestorben, bevor sein Herz durch das Herzrasen stehen geblieben ist. Es ist auf jeden Fall sehr schnell gegangen!"

„Dr. Engelmann, würden Sie mich in den Speisesaal begleiten? Herr Byrkenes, Sie kommen bitte auch mit!"

Engelmann, McLane und Byrkenes ließen Colmsworth, Assmann, Koloschenka und Cunningmore im Rauchsalon zurück und schlossen hinter sich die Tür.

„Dr. Engelmann. War es Arsen oder eine Cyanverbindung?"

Engelmann schüttelte den Kopf. „Sein Tod spricht dagegen und doch dafür!"

„Wie meinen Sie?"

„Nun, eine Cyanvergiftung tötet den Körper sehr schnell, in jedem Fall innerhalb von zwei Minuten. Insofern spricht der Tod Ceruttis dafür. Aber Cyanverbindungen blockieren die Sauerstoffaufnahme, Cerutti wäre sehr schnell erstickt. Das ist er aber nicht.

Arsen wirkt wesentlich langsamer, sie sahen die Symptome bei Byrkenes. Arsen hätte Cerutti nicht so plötzlich und schnell umgebracht. Es ist ein sicherer, aber gemächlicher Tod. Dafür sprechen allerdings der Blut-hochdruck, der Schweiß und die inneren Blutungen. Es ist also beides, und doch nichts!"

„Wie erklären Sie sich das?", fragte McLane.

„McLane, ich bin Arzt, kein Gerichtsmediziner. Meine Fähigkeiten beziehen sich in erster Linie darauf, Menschen das Leben zu erhalten. Vielleicht war es eine Arsen-Cyanverbindung, vielleicht auch etwas anderes. Vielleicht hat er aber auch eine Überdosis eines Medikamentes abbekommen. Es ist vieles denkbar. Ich kann lediglich mit Sicherheit sagen: Es ist ein Tod durch

Vergiftung!"

„Dr. Engelmann, sagen Sie mir doch bitte: Was ist eine Fowlersche Lösung? Und wozu benutzt man sie?"

Dr. Engelmann schaute McLane an. „Wie kommen Sie darauf?"

„Ich habe ein Fläschchen mit Fowlerscher Löung im Nachtschrank von Emilia Assmann gefunden. So sagen Sie mir doch bitte, was das ist!"

„Arsen!", sagte Engelmann.

„Arsen?", fragte Byrkenes erschrocken.

„Ja,", sagte Dr. Engelmann, „es ist eine arsenhaltige Lösung. Man verwendet sie zur Behandlung von Schuppenflechte."

„Kann man mit Fowlerscher Lösung einen Menschen töten?", fragte McLane.

„Durchaus!", antwortete Engelmann. „Wenn die Dosierung hoch genug ist. Ein Fläschchen ist sicher ausreichend für drei Tote!"

„Und wenn es zu gering dosiert wird?", McLane schaute auf Byrkenes.

„Dann bekäme jemand die Symptome, die Byrkenes an den Tag legte!", konkludierte Engelmann, der ahnte, worauf McLane hinauswollte.

Die drei Männer schwiegen einen Moment.

„Glauben Sie, Assmann wollte mich töten?", fragte Byrkenes.

„Ich weiß es nicht,", antwortete McLane, „aber ich denke, es war nicht falsch, mein Augenmerk auf diese unscheinbare Dame zu richten!"

„Könnte Cerutti auch mit dieser Lösung vergiftet worden sein?", fragte Byrkenes.

„Das ist wiederum unwahrscheinlich", antwortete der Arzt. „Er hätte andere Symptome zeigen müssen, und das schon über mehrere Stunden. Wenn man dieses Mittel vielleicht mit einem anderen Stoff gemischt hat, könnte das natürlich anders sein!"

„Welchem Stoff zum Beispiel?", fragte McLane.

„Wie ich schon sagte,", antwortete Engelmann und hob die Schultern, „ich bin Arzt! Meine Lehren über die Chemie liegen schon lange zurück!"

„Was wissen wir also? Der Mörder hat wieder zugeschlagen. Diesmal möglicherweise wieder mit Gift. Wann könnte er es Cerutti verabreicht haben? Wenn wir das herausfinden, sind wir vielleicht ein Stück näher an des

Rätsels Lösung!" McLane kratzte sich nachdenklich die Stirn.

„Wenn ich jemanden vergiften wollte, würde ich das Gift doch ins Essen mengen, oder nicht?", mutmaßte Engelmann.

„Ins Essen?", wiederholte McLane. Hastig lief er zur Tür. „Herren, bitte folgen Sie mir in die Küche!"

Sie gingen durch die Eingangshalle in die Küche. Cunningmore war noch immer im Rauchsalon. Byrkenes schloss die Küchentür hinter ihnen.

Auf der Anrichte in der Küche standen noch die Reste des Mittagessens auf den Tellern, die Cunningmore vorhin abgeräumt hatte. Glücklicherweise hatte er noch nicht mit dem Abwasch begonnen.

„Meine Herren, ich schlage vor, wir probieren vorsichtig die Reste auf den Tellern. Wenn Ihnen ein andersartiger Geschmack auffallen sollte, spucken Sie es aus und melden sich!", sagte McLane.

Engelmann nahm drei kleine Löffel aus der Besteckschublade, woraufhin die drei Herren von allen Resten auf den Tellern eine Geschmacksprobe nahmen.

Leider war nicht mehr zuzuordnen, von welchem Teller Cerutti gespeist hatte.

Doch schon bald wurde man fündig. Engelmann hatte von den pürierten Kartoffeln eines Tellers gekostet, als er das Gesicht verzog. Zügig probierte er zum Vergleich das Püree eines anderen Tellers.

„Ich glaube, ich habe Ceruttis Teller gefunden. Probieren Sie die pürierten Kartoffeln. Sie schmecken bitterer als auf den anderen Tellern. Man merkt es nicht sofort, wenn man keinen Vergleich hat. Aber wenn man den eigentlichen Geschmack kennt, so fällt einem ein spürbarer Unterschied auf!"

Auch McLane und Byrkenes probierten eine vorsichtige Probe.

„In der Tat!", stellte auch McLane fest. „Hier muss etwas beigemischt worden sein. Cerutti konnte es nicht auffallen, er hatte nicht den Vergleich. Er hat fast das gesamte Püree verzehrt! Das wird ihn sein Leben gekostet haben!"

„Dann stellt sich doch nun die Frage, wer Gelegenheit dazu hatte, ein Gift unterzumischen, bevor Cerutti das Püree zu sich nahm?", fragte Byrkenes.

McLane dachte nach. „Während der Mahlzeit saß Cerutti mit zwei Personen zu seinen Seiten an der Tafel."

„Cunningmore und ...", begann Engelmann.

„Emilia Assmann!", vollendete Byrkenes.

„So ist es!", bestätigte McLane. „Es brauchte wohl nur eine kurze Ablenkung der Gesellschaft, um das Gift unbemerkt über dem Püree des Tischnachbarn auszubringen."

„Dann war es also Emilia Assmann!", rief Byrkenes. „Assmann ist die Mörderin!"

„Möglicherweise haben sie Recht!", nickte McLane. „Aber es ist bislang nur ein Indiz, kein Beweis. Sie vergessen, Cunningmore saß auf der anderen Seite, und er ist noch nicht entlastet!"

„Außerdem hat Cunningmore das Essen zubereitet!", fügte Engelmann hinzu. „Es wäre für ihn auch ein Leichtes gewesen, den Teller für Cerutti in der Küche entsprechend vorzubereiten!"

„Das ist ein interessanter Gedanke", stimmte McLane zu. „Wenn Cunningmore es gewesen sein sollte, dann finden wir vielleicht das Gift hier in der Küche oder in der Speisekammer. Cunningmore geht davon aus, dass wir uns noch im Speisesaal beratschlagen. Er weiß also nicht, dass wir uns gerade hier befinden. Lassen Sie uns jetzt zügig die Räume durchsuchen!"

Die drei Herren machten sich an die Arbeit.

Byrkenes durchsuchte die Speisekammer, Engelmann und McLane die Küche. Sie gingen systematisch vor und durchsuchten jeden Schrank von oben nach unten, zügig, aber gründlich. Von allen Dosen, Krügen und Flaschen nahmen sie eine Geruchsprobe, sie öffneten Töpfe und schauten in Kannen, um möglichst kein Versteck zu missen. Doch außer einigen Putzmitteln, die anfänglich verdächtig erschienen, aber laut Dr. Engelmann keine allzu schädliche Wirkung auf den Menschen haben konnten, wurden sie nicht fündig. Wenn Cunningmore der Täter war, dann bewahrte er das Gift entweder irgendwo anders auf oder hatte bereits die gesamte Menge für Cerutti verwandt.

Als Byrkenes, ebenfalls ohne Ergebnis, aus der Speisekammer zurückkam, wandte er sich an Engelmann und McLane.

„Ich habe, während ich die Kammer durchsuchte, noch etwas nachgedacht. Der Verdacht kann sich nicht nur auf

Emilia Assmann und Cunningmore beschränken!"

McLane sah ihn interessiert an. „Hatte noch jemand einen Zugang zu Ceruttis Teller?"

„Ja, in der Tat. Lord Colmsworth! Er half, nach den Umständen des Todes von Tex Hakonsson, das Essen zu servieren!"

Als die drei Männer wieder den Rauchsalon betraten, fanden sie eine verteilte Gesellschaft vor, die offensichtlich jegliches Vertrauen ineinander verloren hatte. Assmann, Koloschenka, Cunningmore und der Lord saßen allesamt getrennt voneinander, es war still. Dann richteten sich die Augen stumm auf die drei Herren, die in der Tür standen.

„Das Gift, an dem Cerutti starb, war in sein Essen gemischt!", sagte McLane in die Stille.

„Dann war es wohl Cunningmore, nicht wahr?", sagte Lord Colmsworth.

„Sie sollten mit Ihren Verdächtigungen ein wenig vorsichtiger sein,", mahnte McLane, „vor kurzer Zeit noch waren Sie davon überzeugt, dass Cerutti es war."

„Wer soll es dann jetzt noch gewesen sein?", polterte der Lord.

„Sie selbst zum Beispiel!", antworte der Notar nüchtern. „Sie hätten schließlich auch die Möglichkeit gehabt, als sie vorhin das Essen servierten."

„Das ist eine unverschämte Unterstellung, die ich mir verbitte!", rief der Lord erbost. „Sie selbst müssten doch wissen, dass ich mich nicht an dem Teller des Italieners vergangen habe, Sie waren doch dabei!"

„Ich habe Sie aber nicht ständig im Auge gehabt", antwortete Byrkenes. „Sie hätten wohl ausreichende Möglichkeiten gehabt!"

Lord Colmsworth schüttelte den Kopf und drehte sich anschließend demonstrativ weg. Er hatte es offensichtlich nicht nötig, sich auf eine solche Diskussion einzulassen.

Dann meldete sich Koloschenka zu Wort.

„Wenn Cunningmore der Täter sein könnte, dann kann keiner von uns mehr sicher ein Mahl zu sich nehmen. Er könnte uns alle mit nur einer Mahlzeit dahinraffen! Entweder, wir lassen uns alle ermorden, oder wir verhungern hier auf diesem kargen Felsen!"

„Spätestens in fünf Tagen kommt uns das Boot wieder

holen,", antwortete McLane, „das stehen wir notfalls auch ohne Nahrung durch."

„Ja, wenn das Boot wieder kommt...", murmelte Koloschenka. „Vielleicht hat der Mörder den Bootsmann auch vergiftet!"

„Ich habe niemanden umgebracht!", rief Cunningmore aufgeregt, als er die Beschuldigungen hörte. „Wieso sollte ich Sie denn alle vergiften?"

„Wir haben nicht gesagt, dass Sie es waren!", beruhigte McLane den aufgebrachten Mann. „Sie sind lediglich ein Verdächtiger, so wie es die anderen auch sind."

Er wandte sich wieder an die Gesellschaft: „Das Problem mit unseren Mahlzeiten lässt sich im Übrigen doch einfach lösen: Cunningmore belässt das Essen in den Töpfen und Pfannen, in denen er es zubereitet hat, und ein jeder bedient sich selbst daraus. Wenn Cunningmore es selbst verzehrt, so wird er es schließlich nicht vergiftet haben und ein jeder kann sicher seine Mahlzeit zu sich nehmen!"

„Im Übrigen,", fügte Engelmann hinzu, „erscheint es mir sinnvoll, wenn Cunningmore in Anbetracht der fortgeschrittenen Zeit mit der Zubereitung der

202

Abendmahlzeit beginnt. Sonst bekommen wir tatsächlich nichts mehr zu essen!"

„Sehr gerne!", antwortete der Diener lehrbuchhaft und verließ den Salon.

„Im Übrigen empfehle ich, dass wir die Leiche des Italieners auf seine Kammer schaffen. Es ist nicht der schönste Anblick, ihn hier sitzen zu sehen", sagte McLane.

Die Herren, mit Ausnahme des Butlers, schickten sich daran, die Leiche des Italieners über die große Treppe in den Zimmertrakt zu schaffen.

Die Damen schlossen sich den Herren an, war es ihnen doch zu gefährlich, zu Zweit in der jeweils anderen Gesellschaft zu verweilen. Sollte eine unter Ihnen der Mörder sein, so wollten sie keine Gelegenheiten schaffen.

Die Frauen begaben sich umgehend auf ihre Zimmer und verschlossen die Türen. McLane hatte ihnen zugesagt, sie persönlich abzuholen, sobald Cunningmore zur Abendtafel läutete.

McLane hatte den Zimmerschlüssel aus der Westentasche des Italieners gezogen und schloss die Zimmertür auf.

Sie hoben die Leiche auf und legten die sterblichen

Überreste Mario Ceruttis auf sein Bett. Engelmann zog das Laken über das Gesicht mit den weit aufgerissenen Augen.

„Wer von uns wird nun der Nächste sein?", fragte Byrkenes nachdenklich. „Unsere Gesellschaft wird erschreckend schnell kleiner!"

„Und damit der Kreis der Verdächtigen!", ergänzte McLane sachlich. „Es wird für den Mörder somit zunehmend schwieriger, seine Identität nicht erkennbar werden zu lassen!

Begeben Sie sich auf Ihre Zimmer, meine Herren! Schließen Sie ab und verlassen Sie Ihr Zimmer nicht. Das ist die einzige Sicherheit, die wir hier noch haben. Wir kommen bei der Abendtafel wieder zusammen!"

Die Herren verließen das Zimmer, woraufhin McLane die Tür verschloss und auch diesen Schlüssel an sich nahm.

Dann ging ein jeder auf sein Zimmer, schloss die Tür hinter sich und drehte den Schlüssel im Schloss herum.

Kapitel 9

McLane war ein Problem. Schon seit Delahaye tot war, wollte der Mörder den Schotten kalt stellen.

McLane war bekannt als ausgezeichneter Ermittler, und wenn früher oder später jemand herausfinden würde, wer für die Bluttaten verantwortlich war, dann war es dieser Altgediente von Scotland Yard.

Allerdings war McLane vorsichtig. Er hatte die Vorsicht eines erfahrenen Kriminalisten. Niemals hatte er bisher dem Mörder die Gelegenheit geboten, aus ihm ein Opfer zu machen und danach unerkannt zu bleiben.

Dennoch konnte sich der Mörder vorläufig in Sicherheit wiegen. Denn was auch der erfahrene Ermittler offensichtlich weder wusste noch ahnte: Er war nicht alleine.

Nicht jeder Mord, der auf dieser Insel stattgefunden hatte, ging auf seine Rechnung. Hier mordete noch jemand anderes.

McLane konnte nicht die richtigen Schlüsse ziehen, weil er nur nach einem Mörder suchte. Doch es befand sich noch jemand unter ihnen, der es auf die anderen abgesehen hatte.

Doch auch er selbst hatte ein Problem. Auch er kannte die Identität des anderen Mörders nicht. Und das machte ihm Angst. Er wollte nicht selbst zum Opfer werden, ganz im Gegenteil. Er musste den anderen Täter töten, bevor dieser ihm selbst das Licht auslöschte.

Ob er ihn bereits erwischt hatte? Das wusste er nicht. Er konnte nur hoffen, dass sich der andere Täter mittlerweile unter seinen Opfern befand.

Schon aus diesem Grunde war Eile geboten. Denn schlussendlich durfte niemand überleben. Niemand, der erben konnte und niemand, der erzählen konnte.

Zugegeben, es wurde zunehmend schwieriger, jemandem über den Jordan zu helfen, denn die Gesellschaft wurde immer vorsichtiger, zurückhaltender und vor allem: Kleiner.

Je weniger Menschen über blieben, desto mehr musste er sich bemühen, seine Taten so zu wählen, dass der Verdacht gleich auf mehrere Personen fiel. Gegenseitige Angst und gegenseitiges Misstrauen kamen ihm zu Gute, denn in dieser Atmosphäre konnte er sein Werk am besten verrichten.

Doch es galt, keine Zeit zu verlieren. Denn wenn er McLane noch nicht zu greifen bekam, dann musste er sich zumindest mit den übrigen keine Verzögerungen leisten.

♦

Anastasja Koloschenka hatte ein Problem. Sie musste auf die Toilette. Sie hatte es versäumt, die Toilette aufzusuchen, als die anderen noch auf dem Flur standen und die Leiche Ceruttis in das Zimmer schafften. Nun konnte sie nicht mehr bis zur Abendtafel warten. Sie musste alleine über den Flur bis zum Badezimmer laufen.

Sie versuchte Ruhe zu bewahren. Bisher hatte sie alle Unwägbarkeiten des Lebens überstanden. Und es sprach doch für sie, dass sie sich bislang nicht unter den Opfern befand. Möglicherweise hatte es der Mörder auch nicht auf sie abgesehen. Überdies: Mit Ausnahme der Haushälterin hatte der Mörder bislang nur Männer als Opfer ausgewählt.

Leise drehte Koloschenka den Schlüssel ihres Schlosses herum und öffnete die Tür. Ebenso leise zog sie die Tür wieder hinter sich zu. Sie hatte es vermieden, sich ihre Schuhe anzuziehen. Barfuß konnte sie lautloser über den dunklen Flur zum Badezimmer laufen als mit dem hart besohlten Absatzschuhwerk, das sie üblicherweise trug.

Ohne unnötige Geräusche zu verursachen oder gar das Licht zu betätigen, lief Koloschenka an den Türen der anderen Gäste vorbei, bedenkend, dass hinter so mancher Tür kein Herz mehr schlug.

Ihr eigener Herzschlag beruhigte sich, als sie die Tür des Badezimmers hinter sich verschließen konnte. Der Mörder hatte ihr nicht aufgelauert.

McLane saß inzwischen auf seinem Zimmer und ging jeden Mord in seinen Gedanken erneut durch. Es musste eine Verbindung zwischen all diesen Taten geben. Er hatte sie nur bislang noch nicht gefunden.

In seiner Laufbahn hatte er gelernt, dass eine Reihe von Morden immer drei Merkmale hatte:

Ein Motiv, ein verbindendes Element und eine Handschrift.

Er musste die Taten erneut gedanklich revidieren. Er musste etwas verpasst haben, irgendetwas war an ihm unbemerkt vorbei gegangen.

Sie waren nun noch zu siebt auf dieser Insel. Von sich selbst wusste er, nicht der Mörder zu sein. Es blieben also noch Engelmann, Byrkenes, Cunningmore, Koloschenka, Assmann und Lord Colmsworth.

Seine kriminalistische Erfahrung und sein Gespür für Menschen sagte ihm, dass er bei Cunningmore, Assmann oder dem Lord tiefer zu graben hatte. Für jeden von Ihnen sprachen Indizien, sie alle hatten zu jederzeit die Möglichkeit gehabt, die Morde zu begehen.

McLane seufzte.

Sollte sein letzter Fall etwa unlösbar bleiben?

Oder war dieser letzte Fall auch gleich das Ende seines eigenen Lebens?

Noch nie war ihm ein Fall so undeutlich, so undurchsichtig, wie die Mordserie auf dieser kleinen, felsigen Insel im europäischen Nordmeer.

Er musste jedes Detail dieses Falles erneut beleuchten.

Koloschenka hatte die Gelegenheit genutzt und sich bereits nun für das Abendessen aufgefrischt, da sie einen weiteren Gang über den Flur zur späteren Zeit vermeiden wollte. Sie wollte kein unnötiges Risiko eingehen, dem Mörder doch noch in die Arme zu laufen.

Leise lief sie auf ihren Fußsohlen wieder zurück in ihr Zimmer. Mehrmals schaute sie sich um, ob sie hinter sich eine Bewegung ausmachen konnte, doch immer wieder, wenn sich ihr Blick nach hinten richtete, war der dunkle Flur genauso leer, wie vor ihr.

Doch war hinter ihr etwa jemand? Hatte sie ein Geräusch gehört?

Nein, das waren Einbildungen ihrer Angst.

Anastasja Koloschenka atmete auf, als sie unversehrt ihre Zimmertüre öffnete und wieder hinter sich schloss. Sie steckte den Schlüssel in das Loch unter der Klinke und drehte ihn um. Sie hörte, wie der Schließbolzen wieder in die Zarge einrastete.

Sie atmete ein letztes Mal erleichtert auf, bevor sich von hinten eine Schlinge um ihren Hals legte und zuzog.

Anastasja konnte nicht mehr atmen, sie konnte auch nicht mehr schreien. Sie fühlte, wie sich das Blut in ihrem Kopf staute und ihre Lunge erfolglos versuchte, Luft durch die zugepresste Luftröhre in ihren Brustkorb zu saugen.

Wenige Momente später verlor die blonde Russin das

Bewusstsein.

Gegen neunzehn Uhr am Abend lief Cunningmore die große Treppe hinauf über die Galerie zum Trakt der Gästezimmer. Er schwang die Glocke und läutete zum Abendessen.

McLane schloss seine Tür auf.

„Das Abendessen ist fertig!", sagte der Diener. „Würden Sie die anderen Gäste informieren?"

Auch Byrkenes Tür öffnete sich einen Spalt. Als er McLane auf dem Flur erblickte, kam auch er ganz heraus.

Dann klopften Sie an der Tür von Dr. Engelmann.

„Wer ist an der Tür?", erklang seine Stimme.

„McLane und Byrkenes! Cunningmore hat zum Abendessen geläutet", ertönte die vertraute Stimme des Ermittlers. Daraufhin öffnete auch der Arzt seine Tür.

McLane ging den Flur entlang und klopfte an den Türen des Lords, Frau Koloschenka und Frau Assmann. Gleichsam gab er sich zu erkennen, woraufhin sich auch die Türen von Emilia Assmann und Lord Colmsworth öffneten.

Lediglich die Tür von Anastasja Koloschenka blieb

geschlossen.

„Frau Koloschenka?", rief McLane erneut. „Sind Sie bereit für das Abendessen?"

Er klopfte erneut auf die Tür, doch aus dem Zimmer gab es keine Regung.

„Frau Koloschenka? Würden Sie bitte antworten?"

Inzwischen hatten sich alle Anwesenden, mit Ausnahme Cunningmores, vor der Zimmertür der Russin versammelt.

„Seltsam!", sagte Engelmann.

„Frau Koloschenka, würden Sie bitte aufschließen?", rief McLane.

Nachdem er abermals keine Antwort bekam, drückte er die Klinke herunter. Die Tür schwang langsam auf. Sie war nicht verschlossen.

McLane betrat das Zimmer, gefolgt von Dr. Engelmann und Gustav Byrkenes.

Etwa drei Schritte vor ihm lag die Leiche Anastasja Koloschenkas auf dem Fußboden. Ihrer Haut war jegliche Farbe gewichen, ihr blondes Haar bettete glanzlos ihren geschwollenen Kopf. Um ihren Hals war ein schmaler, grauer Gürtel doppelt gebunden, festgesetzt im engsten

Loch, der Koloschenka keine Chance zum Überleben ließ.

„Was ist mit ihr?", hörten sie den Lord hinten aus der Reihe fragen.

„Koloschenka ist tot!", rief Engelmann. „Sie wurde erdrosselt!"

Die klein gewordene Gesellschaft stand erschrocken bei der Leiche der kalten Russin.

„Der Kreis der Verdächtigen wird immer kleiner!", bemerkte der Lord mit einem leicht zynischen Unterton in die Richtung McLanes. „Es wird höchste Zeit, dass ihr viel gepriesener kriminalistischer Spürsinn Ergebnisse liefert!"

„Ich gebe zu,", antwortete McLane, „die Aufklärung dieses Falles läuft nicht in der Geschwindigkeit, die ich aus meiner früheren Tätigkeit gewohnt bin!"

Der Lord grinste. „Byrkenes, vielleicht hätten Sie doch nicht unbedingt einem Schotten die Aufklärung anvertrauen sollen!"

„Unsinn!", antwortete Byrkenes schroff. „Hätte ich sie einem Engländer anvertraut, dann säße Cerutti jetzt gefesselt in einem Zimmer, während Sie vermutlich das nächste Opfer gewesen wären!"

Das Grinsen wich aus dem Gesicht des Lords. Mit erhobenem Haupt drehte er sich um und ging. „Ich werde jetzt speisen!"

„Dr. Engelmann, begleiten Sie doch bitte Frau Assmann und den Lord in den Speisesaal. Ich habe es nicht gerne, wenn jemand alleine über die Flure läuft. Nicht alle Verdächtigen sind hier anwesend!", sagte McLane. „Lassen Sie es uns dem Mörder nicht einfacher machen, als er es ohnehin schon hat!"

Assmann und Engelmann folgten dem Lord, der beleidigt mit straffem Schritte auf den Speisesaal zueilte.

McLane und der Notar blieben bei der Leiche.

„Byrkenes, fällt Ihnen an der Leiche etwas auf?"

Byrkenes nickte. „Der Gürtel gehört Frau Assmann. Ich sah ihn in ihrem Kleiderschrank!"

„So ist es! Wenn sie der Mörder ist, so konnte sie nicht wissen, dass wir ihr den Gürtel zuordnen können. Sie hat ihn bislang nämlich noch nicht getragen. Das Arsen im Nachtschrank und der Gürtel um Koloschenkas Hals: Kann das noch ein Zufall sein?"

„Denken Sie, dass sie es war?"

McLane dachte nach.

„Es spricht allerdings sehr viel dafür! Wissen Sie, Byrkenes, selbst die klügsten Verbrecher machen irgendwann einen kleinen, oft unbedeutend kleinen Fehler. Diesen Fehler muss der Ermittler finden. Dann ist es der Schlüssel zur Lösung des ganzen Falles. Und ich habe den Eindruck, das Assmanns Gürtel der Schlüssel zu diesem Fall ist!"

Cunningmore hatte die Töpfe, in denen er das Abendessen zubereitet hatte, auf die lange Tafel gesetzt.

Lord Colmsworth, Emilia Assmann und Dr. Engelmann hatten bereits Platz genommen. Cunningmore setzte sich hinzu.

„Ich will Sie nicht in Unkenntnis lassen,", sagte der Arzt zu dem Diener, „wir mussten soeben den Tod von Frau Koloschenka feststellen!"

Cunningmore ließ erschrocken seinen Löffel fallen.

„Koloschenka ist auch tot? Wie konnte das geschehen?"

„Sie wurde erdrosselt", sagte der Lord. „Mit einem Gürtel!"

„Das muss doch einmal ein Ende haben!", rief

Cunningmore. „Wer will uns nur alle dahinraffen, und warum?"

„Das probiert unser hervorragender Ermittler ja schon seit langer Zeit herauszufinden!", sprach der Lord mit erkennbar ironischem Unterton.

„Ich für meinen Teil habe vollstes Vertrauen in McLane!", sagte Engelmann mit sicherer Stimme. „Wenn einer unter uns den Mörder finden kann, dann ist es wohl McLane!"

„Das würde ich auch behaupten, wenn ich der Mörder wäre!", antwortete der Lord. „Dann hätte ich auch großes Vertrauen in denjenigen, der es nicht schafft, mich zu identifizieren! Aber vielleicht ist er ja sogar selbst der Mörder?"

„Lassen Sie diese geschmacklosen Unterstellungen!", fuhr ihn der Arzt an. „Wir haben alle Angst, aber dabei helfen uns wilde und unbegründete Spekulationen auch nicht weiter! Bewahren Sie einen kühlen Kopf!"

„Ich ziehe es vor, wenn mein Kopf warm ist", entgegnete der Lord. „Kühle Köpfe liegen dort oben schon zu Genüge!"

Emilia Assmann schwieg mit angewidertem Gesicht.

Dann erschienen auch Gustav Byrkenes und William

McLane im Speisesaal.

Der Ermittler legte den Gürtel auf die Mitte der Tafel.

„Erkennt jemand diesen Gürtel?", fragte McLane.

Niemand antwortete.

„Frau Assmann, gehört Ihnen dieser Gürtel?"

„Wieso stellen Sie mir diese Frage?"

Frau Assmann schaute verlegen auf.

„Weil es sich offensichtlich um einen Damengürtel handelt, mit dem Anastasja Koloschenka erdrosselt wurde", antwortete McLane.

„Warum fragen Sie mich dann, ob es mein Gürtel ist? Liegt es nicht vielmehr nahe, dass es sich um einen Gürtel von Frau Koloschenka handelt, mit dem der Mörder sie erdrosselt hat? Vielleicht handelt es sich auch um einen Gürtel von Alma?"

McLane wandte sich an Cunningmore: „Gehörte dieser Gürtel Ihrer Frau?"

Cunningmore schüttelte den Kopf. „Ich habe diesen Gürtel noch nie zuvor gesehen!"

„Frau Assmann, warum geben Sie nicht zu, dass es Ihr Gürtel ist? Wir wissen, dass er Ihnen gehört!", sagte Byrkenes.

Assmann wurde still und sagte kein Wort mehr.

„Frau Assmann, bitte begleiten Sie uns!", McLane wies mit der Hand zur Tür. „Dr. Engelmann, Sie können auch gerne mitkommen."

Engelmann, McLane und Byrkenes begleiteten die unscheinbare Dame aus dem Speisesaal.

„Sie können mich doch nicht hier mit Cunningmore alleine lassen!", rief der Lord. „Wenn er der Mörder ist, bin ich gleich auch tot!"

McLane drehte sich zu dem Lord um. „Ich verspreche Ihnen, wenn einer von Ihnen der Mörder ist, dann wird er sein Gegenüber nicht ermorden!"

„Wieso sind Sie sich da so sicher?", fragte der Lord.

„Weil ich ihn danach sofort festnehmen würde! Denn wer sollte es sonst gewesen sein? Wenn ich eines in diesen Mordfällen gelernt habe, dann, dass dieser Mörder kein Risiko eingeht, die alleinige Aufmerksamkeit auf sich zu ziehen!"

McLane, Byrkenes und Dr. Engelmann führten Frau Assmann zu einem Verhör in den Rauchsalon. McLane nahm in einem Sessel seitlich zum Kamin Platz, Byrkenes in einem Sessel unter dem Portrait des verstorbenen Erblassers, Dr. Engelmann in einem Sessel neben Byrkenes.

Frau Assmann saß auf einem Stuhl gegenüber.

„Frau Assmann, ich habe den Verdacht, dass Sie für die Morde an Sveinung Kjaergaard, Alma Holgersson, Hugo Delahaye, Tex Hakonsson und Anastasja Koloschenka verantwortlich sind", begann McLane das Verhör. „Außerdem verdächtige ich Sie des Versuchs, Gustav Byrkenes zu töten."

Emilia Assmann begann zu zittern. „Warum unterstellen Sie mir das?"

„Ich unterstelle Ihnen die Morde nicht, sondern ich verdächtige Sie!", sagte McLane. „Das ist etwas anderes. Und ich verdächtige Sie, weil ich Indizien habe, die Ihre Täterschaft durchaus in Frage kommen lassen."

„Aber ich habe niemanden umgebracht!", antwortete Assmann. „Das müssen Sie mir glauben!"

„Das versuchen wir herauszufinden. Es gibt jedenfalls ein paar Dinge, über die ich gerne eine Erklärung von Ihnen hätte. Die erste Frage wäre: Wie kann es sein, dass Frau Koloschenka mit Ihrem Gürtel erdrosselt wurde?"

„Das weiß ich nicht!", antwortete Assmann. „Aber warum sollte ich meinen eigenen Gürtel einsetzen, um Frau Koloschenka zu ermorden? Dann würde ich doch eben diesen Verdacht auf mich ziehen?"

„Nicht, wenn niemand weiß, dass es Ihr Gürtel ist", warf Byrkenes ein. „Und Sie leugneten es soeben sogar!"

„Das ist richtig,", sagte McLane, „Sie haben den Gürtel bislang noch nicht getragen! Er hätte also genauso von Frau Koloschenka selbst stammen können. Die Tatsache, dass Sie soeben leugneten, die Eigentümerin des Gürtels zu sein, macht diesen Verdacht nur noch dringlicher!"

„Aber ich hatte doch lediglich Angst, dass Sie mich dadurch verdächtigen würden! Ich bin kein Mörder!", rief Assmann, ungewöhnlich aufgeregt für ihre sonst so zurückhaltende Art.

„Wo waren Sie denn zum Zeitpunkt der Morde?", fragte Engelmann. „Ich glaube, niemand hat Sie gesehen!"

„Nein, niemand hat mich gesehen. Ich bin nicht gerne in Gesellschaft. Darum verbrachte ich meine freie Zeit gerne in meiner Kammer. Aber deswegen bin ich noch lange kein Mörder!"

„Nein, deswegen noch nicht!", sagte Engelmann.

„Aber McLane erzählte mir, dass Sie im Besitz von Fowlerscher Lösung sind. Mit anderen Worten, Sie sind im Besitz von Arsen. Und der Notar ist sehr wahrscheinlich mit Arsen vergiftet worden!"

„Ich habe eine Schuppenflechte", antwortete Assmann. „Die Lösung benutze ich auf Anraten meines Arztes."

„Das können Sie uns doch sicherlich glaubhaft machen?", fragte Byrkenes.

„Nein, das kann ich nicht!", antwortete Assmann.

„Wieso können Sie das nicht?", fragte McLane.

„Weil ich die Schuppenflechte an meinem Oberschenkel habe. Ich werde mich sicherlich nicht vor fremden Herren entkleiden!", antwortete Assmann spitz.

„Nun, die letzte Dame wurde unglücklicherweise soeben ermordet", antwortete McLane.

„Ich wiederhole, ich werde mich nicht vor Ihnen entkleiden. Dann lasse ich mich noch eher von Ihnen festnehmen!"

„Wie darf ich Ihnen denn sonst glauben, wenn Sie niemals in anderer Gesellschaft waren, als die Morde geschahen, wir Ihnen aber zwei Mordinstrumente zuordnen können?", fragte McLane.

„Wie ich schon sagte, ich weiß es nicht. Vielleicht hat sich der Mörder meines Schlüssels bemächtigt oder ist auf andere Weise in meine Kammer gelangt. Vielleicht gibt es auch noch einen Zweitschlüssel. Diese Frage könnten Sie doch einmal dem Diener stellen, nicht wahr?"

Nach etwa einer halben Stunde erschienen die drei Herren mit Frau Assmann wieder an der Abendtafel.

Emilia Assmann sah gestresst und mitgenommen aus.

„Nun, McLane, ist Frau Assmann der Mörder? Oder sind Sie immer noch nicht schlauer?", fragte der Lord in seinem überheblichen Ton.

„Darüber gebe ich Ihnen keine Auskunft!", antwortete der Schotte kühl. „Sie sind schließlich auch ein Verdächtiger."

McLane füllte seinen Teller.

„Aber ich habe eine Frage an Cunningmore."

Cunningmore schaute auf.

„Gibt es zu den Gästezimmern einen Zweitschlüssel?"

Cunningmore überlegte kurz und nickte.

„Ja, zu einigen Zimmern gibt es noch einen Zweitschlüssel!"

„Wer hat Zugriff darauf?"

„Nur ich", antwortete der Butler. „Und meine Frau!"

„Und Sie haben nicht daran gedacht, McLane das zu erzählen, nachdem Delahaye aus dem Fenster seines verschlossenen Zimmers stürzte?", fragte Byrkenes.

Cunningmore schüttelte den Kopf. „Ich wusste nicht, dass das wichtig war. Darüber wussten ja nur meine Frau und ich Bescheid!"

„Und Ihre Frau starb kurz zuvor!", murmelte McLane nachdenklich.

Am Abend beratschlagten sich Engelmann, Byrkenes und McLane in den Rauchschwaden von Pfeife und Zigarre im Rauchsalon. Lord Colmsworth und Emilia Assmann hatten sich auf ihre verschlossenen Zimmer begeben. Diesmal hatten Sie auf Anraten McLanes den Schlüssel im Schloss stecken lassen und eine Halbdrehung nach oben gedreht. Dies musste das Schloss derart blockieren, dass man auch mit einem zweiten Schlüssel von außen nicht in der Lage war, die Tür zu öffnen. Man hatte Cunningmore in der Küche aufgegeben, das Gleiche zu tun.

„Wenn Cunningmore die Zweitschlüssel hatte,", sagte Byrkenes, „dann würde es sowohl den Umstand erklären, wie Delahaye aus einem verschlossenen Zimmer stürzen konnte, genauso, wie es erklären würde, wie der Mörder an das Arsen sowie den Gürtel von Emilia Assmann kommen konnte."

„Das wiederum würde bedeuten, dass Emilia Assmann unschuldig wäre und es stimmt, was sie uns in dem Verhör erzählte", fügte Engelmann hinzu. „In diesem Falle wäre unser Hauptverdächtiger wohl nicht Assmann, sondern Cunningmore!"

„Aber wenn er doch wusste, wo die Zweitschlüssel sich befinden, dann hätte er nicht seine Frau umbringen müssen. Das spräche für einen anderen Täter. Und zwar für Lord Colmsworth, der Holgersson umbrachte, um an die Schlüssel zu gelangen und dann Assmann verdächtigen ließ, indem er Arsen und Gürtel aus ihrem Zimmer holte", ergänzte Byrkenes.

McLane zog an seiner Pfeife. „Nein, es passt auch, wenn Cunningmore der Täter ist. Seine Frau war die einzige, die ebenfalls wusste, wo die Schlüssel sich befinden. Wenn Cunningmore der Mörder ist, so hätte Holgersson das schnell herausfinden können und ihn stellen können. Das ist Grund genug für einen Mord. Zudem hat nur

Cunningmore eine Verbindung zu seiner Frau. Keinem anderen würde ihr Tod irgendetwas nützen, abgesehen von einem Ablenkungsmanöver!"

„Ich verstehe diesen Fall nicht!", sagte Byrkenes. „Wir finden Indizien und Motive, und letztendlich kann es immer noch jeder gewesen sein! Assmann kann genauso gut gemordet haben wie Cunningmore. Und auch der Lord ist verdächtig. Wer auch immer der Mörder ist, er ist hervorragend darin, unerkannt zu bleiben!"

„Ich finde Cunningmore durchaus sehr verdächtig", sagte McLane. „Bevor ich wusste, dass er im Besitz von Zweitschlüsseln ist, erschien es mir fast sicher, dass wir in Assmann den Mörder identifizieren konnten. Diese Tatsache allerdings wendet das Blatt vollständig. Cunningmore hatte ebenfalls zu jeder Zeit die Möglichkeit, die Morde zu begehen. Er konnte Kjaergaard umbringen. Er war der einzige, von dem wir wissen, dass er die ganze Nacht wach war, als Alma Holgersson starb. Und er war nicht bei der Leiche seiner Frau, und damit nicht in unserer Nähe, als Delahaye stürzte. Er hätte ihn problemlos herunterwerfen können, um danach wieder für uns den trauernden Ehegatten zu spielen. Er hatte die

Möglichkeit, Tex mit dem Schwert zu erstechen, genauso wie er die Möglichkeit hatte, Ihnen, Herr Byrkenes, Arsen in Ihr Mahl zu mischen, das er vorher aus Assmanns Zimmer entwendet und danach zurückgestellt hatte. Es war ihm möglich, Ceruttis Teller zu vergiften und er konnte auch Koloschenka mit Assmanns Gürtel auflauern. Außerdem, und das wiegt schwer: Cunningmore wusste als einziger, wo sich das Morsegerät befand. Eigentlich konnte nur er es zerstören!"

Dr. Engelmann schaute erstaunt auf. Dann nickte er. „In der Tat! Es scheint wirklich alles auf Cunningmore zu deuten!"

„Es ist doch unglaublich", sagte Byrkenes. „Das hätte ich ihm niemals zugetraut!"

„Wie lange kennen Sie sich eigentlich?", fragte McLane. „Ich nehme an, dass sie bereits vor unserer Anreise des Öfteren korrespondiert haben?"

„Oh, noch viel länger", antwortete Byrkenes. „Ich kenne Cunningmore schon, seitdem er vor dreißig Jahren nach Haugesund kam. Damals war ich noch kein Notar. Aber man kennt sich in der Stadt. Ich muss zugeben, wir kannten uns nur flüchtig, auch weil er die meiste Zeit auf

Urter verbracht hat. Der Kontakt wurde erst enger, als wir die Erbschaftssache in die Wege leiten mussten, nach dem Tod des alten Hakonssons!"

„Und Sie würden ihm diese Mordserie nicht zutrauen?", fragte McLane.

„Noch vor drei Tagen hätte ich das niemals für möglich gehalten", antwortete der Notar. „Jetzt bin ich mir nicht mehr sicher. Man kann den Menschen nur vor den Kopf schauen!"

McLane, Byrkenes und Engelmann verbrachten den Abend damit, die Fakten nochmals detailverliebt auf eine Reihe zu setzen. Und wie sie es auch drehten und wendeten, sie kamen immer wieder zu dem gleichen Schluss:

Cunningmore musste der Mörder sein.

Bevor sie zu Bett gingen, sagte McLane:

„Herr Byrkenes, Herr Dr. Engelmann, ich werde morgen Ihre Hilfe brauchen! Wir müssen Cunningmore überführen!"

„Wie wollen Sie das machen?", fragte Engelmann. McLane schwieg einen Moment und dachte nach. Dann sagte er:

„Ich werde mich ihm als Opfer anbieten!"

Kapitel 10

McLane, Byrkenes und Engelmann gingen gemeinsam hinauf zu ihren Kammern. In Anbetracht der Tatsache, dass der mutmaßliche Mörder über Schlüssel zu ihren Zimmern verfügte, ließen auch sie die Schlüssel in Halbstellung stecken, um es so nahezu unmöglich zu machen, die Tür von außen zu öffnen. Zusätzlich schoben sie einen Stuhl unter die Klinke. Man wollte unter allen Umständen vermeiden, kurz vor der Aufklärung der Morde noch selbst zum Opfer zu werden.

♦

Der Mörder war unterdessen ebenfalls zu Bett gegangen. Er wollte für den morgigen Tag ausgeruht sein, denn morgen würde er das Finale spielen. Er war an einem Punkt angekommen, an dem es schwierig wurde, das Versteckspiel, das er bislang so erfolgreich gespielt hatte, weiter aufrecht zu erhalten. Es war eine Frage der Zeit, bis dieser McLane die richtigen Schlüsse zog und ihn demaskieren würde. Darum war McLane sein nächstes Opfer. McLane würde das Ende des Frühstückes nicht mehr erleben.

Und in der Aufregung, die der Tod des Ermittlers und damit der einzigen zu vertrauenden Person auf dieser kargen Insel mit sich bringen würde, dürfte es keine Probleme geben, sich der restlichen Personen ebenfalls zu entledigen.

Übrig bleiben würde nur er, er allein, keine Erben und auch keine Zeugen. Sobald er die Leichen dem Meer übergeben hatte, würden keinerlei Spuren auf dieser Insel bleiben, die davon zeugen könnten, welche Taten sich auf ihr abgespielt hatten.

♦

McLane schlief, nachdem er seine Kammer bestmöglich gesichert hatte, einen unruhigen Schlaf. Er hatte Cunningmore identifizieren können und die Indizienlast war erdrückend.

Wie war es doch möglich, dass Cunningmore so lange unter seinem erfahrenen Radar hindurch morden konnte?

Diese Morde waren unter seinen sehenden Augen geschehen, und er hatte die richtigen Schlüsse nicht ziehen können!

Er war alt, das merkte er nun einmal mehr. Sein Spürsinn war nicht mehr der, der er einmal gewesen war. Er war nicht mehr der erfolgreichste Ermittler von Scotland Yard, er war nur noch ein alter Pensionär.

McLane wälzte sich in seinem Bett hin und her und es dauerte nicht lange, bis er wieder hellwach gegen die Decke starrte, während die übrige Burg schlief.

Gegen 1 Uhr und 24 Minuten schoss McLane ein Gedanke durch den Kopf, der den Ermittler ins Mark traf:

Wenn Cunningmore für die Morde verantwortlich war, dann passte ein Puzzlestück nicht in die anderen. Cunningmore besaß zwar die Zweitschlüssel zu ihren Zimmern. Dennoch konnte er damit Delahaye nicht umgebracht haben! Als Delahaye seinen Tod vor seinen Augen bei Alma Holgersson fand, konnte Cunningmore nicht mit einem Zweitschlüssel in seine Kammer eingedrungen sein! Delahaye hatte seine Tür von innen verschlossen, und er hatte den Schlüssel stecken lassen! Wenn dies nicht so gewesen wäre, dann hätte er nicht den

Schlüssel mit dem alten Taschentuchtrick unter der Tür hervorholen können. Wenn der Schlüssel aber steckte, so schloss diese Tatsache aus, dass jemand von außen die Tür mit einem anderen Schlüssel öffnen konnte!

Wie konnte er nur dieses Detail bisher übersehen?

Dennoch sprachen die übrigen Fakten allesamt für den sonst so anständigen Diener.

Es galt also noch eine Frage zu klären:

Wie konnte Cunningmore den Franzosen töten?

McLane konnte kaum schlafen. Er war müde, doch seine Gedanken ließen ihn nicht zur Ruhe kommen.

Er schlief mehrfach ein, um schließlich nur wenige Minuten später wieder mit Herzklopfen zu sich zu kommen. Seine Gedanken ließen ihn nicht frei, bis er alle Puzzlestücke an ihren richtigen Platz hatte legen können.

Um 3 Uhr und 7 Minuten schlug er ganz plötzlich seine Augen weit auf.

Wenige Sekunden später saß er senkrecht im Bett.

Das letzte Puzzlestück schien an seinen Platz gefallen zu sein.

McLane war sich sicher. Er ging die Fakten immer wieder, Schritt für Schritt, durch. Und es gab keine andere Möglichkeit.

Wieso konnte er nicht eher auf diese Spur kommen? Wie konnte er so viele Fakten so fehldeuten?

Doch ja, es gab gar keine Alternative.

Diese Person musste für die Morde verantwortlich sein. Auch wenn es so abstrus erschien.

Er musste es nur noch beweisen!

Dazu musste er drei Leute befragen und ein paar Untersuchungen machen. Doch McLane war sich sicher: Diese Spur war des Rätsels Lösung!

McLane stand auf und zog sich an. Er hatte Arbeit vor sich, bevor die Burg erwachte.

Nachdem er seine Haare gekämmt und seine Schuhe angezogen hatte, entfernte er so lautlos, wie es ihm möglich war, den Stuhl unter der Klinke und schloss die Tür auf. Vorsichtig lauschte er in den dunklen Flur, doch es herrschte eine geradezu tödliche Stille.

McLane zündete eine Kerze an, ging aus dem Zimmer und lief nahezu lautlos über den Flur. Er musste vorsichtig sein, denn auch er war in großer Gefahr, wenn es stimmte, was er dachte.

So still wie möglich, aber ohne zu zögern, lief McLane die große Treppe in der Eingangshalle hinunter und verschwand hinter der großen Salontür des gediegenen Raucherzimmers.

Nachdem er die Tür geschlossen hatte, atmete er auf. Dann schaltete er das Licht ein. Unmittelbar richtete sich sein Blick auf die Wand, an der die wunderschöne, alte, mit Ornamenten verzierte, tiefgrüne Tapete hing.

Doch was seine Augen an der Wand sahen, war ein Abbild des Mörders.

Wie konnte ihm das nur bislang entgangen sein?

McLane lief zur Wand und rieb seine Fingerspitze kräftig über die alte Tapete. Dann verteilte er, was er an seinem Finger glaubte, an der Unterseite seines Armes, setzte sich in einen Sessel und wartete.

Nach einer halben Stunde stand McLane zufrieden wieder auf. Die Stelle an seinem Arm war gerötet.

Nachdem die Kerze wieder brannte, knipste er das elektrische Licht aus und verließ den Salon. Ebenso lautlos, wie er gekommen war, lief er die große Treppe wieder hinauf und betrat den Zimmertrakt.

McLane nahm die Schlüssel, die er an sich genommen hatte, aus der Tasche seiner Weste und schloss die Tür zu dem Zimmer auf, in dem die Leiche des verstorbenen Reeders lag.

Im Schein der Kerze sah er den alten Mann unter der Bettdecke liegen. Es war in dieser Situation ein Anblick, der auch einen erfahrenen alten Ermittler nicht unberührt ließ. Doch McLane hatte keine Zeit zu verlieren, er konzentrierte sich auf seine Sache: Den Mörder zu entlarven.

Etwa zehn Minuten verbrachte der Ermittler in dem Zimmer des alten Kjaergaard, bis er das Zimmer wieder verließ.

Dann betrat er das Zimmer, in das sie die Leiche der Haushälterin, Cunningmores Frau, gelegt hatten. Er hob die Decke hoch und betrachtete die Leiche von Alma Holgersson genau. Dann deckte er die Leiche wieder zu und schloss leise die Tür hinter sich.

Er war der Lösung wieder einen Schritt näher gekommen. Nun musste er nur noch drei Leute in ihrem Schlaf stören. Sie mussten und nur sie konnten ihm die letzten

Puzzlestücke an ihren Platz schieben.

Zuerst blieb der Schotte an der Tür von Dr. Friedrich Engelmann stehen. Dann klopfte er. Es dauerte einen Moment, bis er hörte, dass sich der alte Arzt in seinem Bett aufsetzte und zur Tür kam.

„Wer ist da?", hörte er die Stimme des Arztes.

„McLane! Schließen Sie auf, ich brauche Ihre Hilfe!"

„Sind Sie alleine?", fragte Engelmann hinter der Tür.

„Ja, ich bin alleine!"

McLane hörte, wie Dr. Engelmann seinen Stuhl unter der Klinke hervorholte und den Schlüssel im Schloss herumdrehte. Die Tür öffnete sich einen Spalt, durch den Engelmann in den Flur schaute.

Als er McLane alleine vor seiner Tür erblickte, öffnete er ganz und ließ ihn herein.

„Um Himmels Willen,", sagte Engelmann, „McLane, was machen Sie hier mitten in der Nacht?"

„Ich arbeite an der Lösung des Falles!", antwortete McLane. „Und ich denke, dass ich morgen den Mörder präsentieren kann!"

„Den Mörder? Cunningmore? Erzählen Sie schon!"

McLane schüttelte den Kopf.

„Vorher habe ich fünf Fragen an Sie!"

Um 4 Uhr und 53 Minuten verließ McLane das Zimmer von Dr. Friedrich Engelmann.

Es war an der Zeit, die zweite Person aufzusuchen.

McLane lief, so lautlos es ihm möglich war, mit der Kerze in der Hand die große Treppe hinunter und lieb vor der Küchentüre stehen, hinter der er Cunningmore auf der Küchenbank schlafend vermutete.

McLane klopfte an die Tür.

Nach einer Weile drehte sich der Schlüssel im Schloss herum und der Diener schaute ihn verwundert an.

„McLane? Was machen Sie hier?"

„Recherchieren!", antwortete der Schotte. „Darf ich hereinkommen?"

Cunningmore deutete mit der Hand in die Küche.

„Kommen Sie!"

McLane trat in die dunkle Küche. Cunningmore schloss die Tür.

„Was ist los?", fragte der Butler.

„Das werden Sie morgen erfahren!"

„Was kann ich denn für Sie tun?"

„Sie können mir fünf Fragen beantworten!"

„So? Nun, dann fragen Sie!"

„Gut", der Ermittler setzte sich. „Haben Sie einen Spaten?"

Cunningmore nickte. „In der Scheune! War das schon die erste Frage?"

McLane nickte.

„Zweite Frage: Haben Sie einen Schraubenzieher?"

Der Diener schaute ihn ein wenig verwirrt an. Dann nickte er. „Auch in der Scheune!"

Um 6 Uhr und 3 Minuten klopfte McLane an die Tür von Gustav Byrkenes.

„Byrkenes, wachen Sie auf, ich muss mit Ihnen sprechen!"

Er hörte, wie Byrkenes aus dem Bett stieg und zur Tür kam.

„McLane? Sind Sie das?"

„Ja, ich bin es. Machen Sie auf!"

Byrkenes schob den Stuhl, den er, wie empfohlen, unter die Türklinke geschoben hatte, zur Seite und entsperrte die Tür. McLane schaute in das verschlafene Gesicht des

Notars.

„Kommen Sie rein!", sagte Byrkenes.

McLane winkte ab.

„Zu gefährlich!" sagte er. „Kommen Sie bitte mit mir in die Küche!"

Byrkenes warf sich seinen Morgenmantel über und folgte McLane leise über den Flur und die große Treppe in die Eingangshalle.

Sie betraten die Küche.

„Wo ist Cunningmore?", fragte Byrkenes.

„Nicht hier!", antwortete McLane. „Er muss etwas für mich tun."

„Er läuft frei herum?", fragte Byrkenes erschrocken. „Aber er ist doch der Mörder?"

McLane nahm eine Flasche Schnaps und zwei Gläser aus dem Küchenschrank. Dann schenkte er Byrkenes eine Glas ein und schließlich sich selbst.

„Cunningmore ist nicht der Mörder!", sagte McLane, als er sich zu Byrkenes an den Küchentisch setzte.

„Er ist nicht der Mörder?", fragte der Notar überrascht. „Wer ist es dann?"

„Es lieb mir lange verborgen, doch diese Nacht fielen alle

Hinweise auf ihren Platz. Und jetzt bin ich mir sicher, dass ich weiß, wer dies alles getan hat!"

„Nun?", fragte der Notar. „Sie machen es spannend!"

„Es gibt nur einen Menschen auf dieser Insel, der in der Lage war, diese Morde zu begehen. Es war:

Dr. Friedrich Engelmann!"

Byrkenes war sprachlos. Seine Überraschung verschlug ihm seine Worte.

Als er sie endlich wiedergefunden hatte, stammelte er entgeistert: „Engelmann? Unser Dr. Engelmann? Wie konnte er dies tun?"

„Das will ich Ihnen gerne erklären..."

Es klopfte an der Tür. Cunningmore steckte seinen Kopf in den Raum.

„Herr McLane, können Sie bitte mitkommen?"

„Cunningmore, was ist los?"

„Das möchte ich Ihnen gerne persönlich zeigen!"

McLane schaute den Diener fragend an, doch dieser ließ sich nicht beirren.

„Byrkenes, warten Sie bitte hier, ich bin gleich wieder bei

Ihnen! Bitte schließen Sie zu Ihrer Sicherheit die Tür hinter mir ab. Ich möchte nicht, dass Sie beim Frühstück fehlen!"

Dann folgte McLane dem Diener nach draußen.

Kapitel 11

Um 8 Uhr und 30 Minuten klingelte Cunningmore zur Frühstückstafel.

Nachdem McLane und Byrkenes noch etwa für eine halbe Stunde in der Küche zusammengesessen hatten und dann gemeinsam in ihre Zimmer gegangen waren, war der Diener in die Küche zurückgekehrt und hatte das Frühstück vorbereitet.

Cunningmore war sehr auf das Frühstück gespannt, hatte McLane doch angekündigt, bei der Frühstückstafel den Mörder zu entlarven, sobald sie alle beisammen waren.

Etwa zehn Minuten später kamen die Gäste, aus Gründen der Sicherheit, wieder als geschlossene Gruppe die große Treppe herunter und versammelten sich im Speisesaal, den Cunningmore zuvor eingedeckt hatte.

Emilia Assmann und Lord Colmsworth, die noch nicht wussten, dass McLane der Gruppe sein von allen mit Spannung erwartetes Ergebnis präsentieren wollte, nahmen bereits Platz und erwarteten, dass Cunningmore das Frühstück servierte.

Nachdem alle Anwesenden sich in dem Saal versammelt hatten, schloss Cunningmore als Letzter die Tür.

Nun nahmen auch Gustav Byrkenes, Dr. Engelmann und Cunningmore an der Tafel Platz. Nur William McLane blieb stehen.

Alle Blicke richteten sich auf den alten Schotten, der mit ernstem Gesicht in die Runde schaute.

McLane räusperte sich, dann nahm er das Wort:

„Verehrte Anwesenden! Ich brauche es nicht zu beschönigen, in diesem Raum befindet sich ein Mörder. Wir alle wissen dies und haben es schmerzvoll in unseren Reihen zur Kenntnis nehmen müssen. Noch vor wenigen Tagen kamen wir hier gemeinsam auf dieser Insel an, nicht wissend, dass viele von uns diese Insel nicht mehr lebend verlassen würden.

Sveinung Kjaergaard, Alma Holgersson, Hugo Delahaye, Tex Hakonsson, Mario Cerutti und Anastasja Koloschenka: Sie alle lebten, als wir hier ankamen, heute sitzen sie nicht mehr mit uns an dieser Tafel.

Leider ist es mir, trotz meiner langen Erfahrung als Ermittler, nicht gelungen, den Mörder unter uns früher zu identifizieren und damit das eine oder andere Leben gerettet zu haben. Doch ich darf sagen, dass dieser Fall der schwierigste meiner Laufbahn gewesen ist, auch wenn die Anzahl der Verdächtigen begrenzt war.

Die Lösung dieses Falles habe ich dem Herren zu meiner Rechten zu verdanken, dem Notar Gustav Byrkenes. Er hat mich, wenn es ihm auch nicht bewusst war, auf die richtige Spur zur Lösung dieses Falles gebracht. Und daher finde ich es nur richtig und gerecht, wenn er es ist, der den Mörder hier, vor allen verbliebenen Anwesenden, aus seiner Deckung holen darf.

Gustav Byrkenes, darf ich Sie, in Ihrer Eigenschaft als Notar und Vertreter des norwegischen Staates, bitten, denjenigen zu benennen, vor dem wir uns alle gefürchtet haben, seit wir den ersten Toten zu beklagen hatten?"

„Das werde ich gerne tun!", antwortete Byrkenes.

„McLane und ich haben heute morgen ein interessantes Gespräch geführt, in dem er mir erläuterte, wer für die Morde verantwortlich ist", Byrkenes erhob sich von seinem Platz.

„Der Mörder unter uns ist niemand anderes als Dr. Friedrich Engelmann!"

Ein Raunen ging durch den Saal.

Alle Blicke richteten sich auf den Arzt, der erschrocken aufsah.

„Was sagen Sie da, Byrkenes? Ich soll der Mörder sein?", Engelmanns geweitete Augen richteten sich entgeistert auf McLane.

„McLane, ich war es nicht! Bei allem, was ich habe und schätze, ich schwöre es Ihnen und allen Anwesenden, ich bin nicht der Mörder!"

„Das weiß ich, Dr. Engelmann", antwortete McLane zur Überraschung aller Anwesenden. Byrkenes sah ihn fragend an.

„Ich bat Byrkenes, uns denjenigen zu benennen, der für die Morde verantwortlich ist und ein weiteres Mal versuchte uns der Mörder auf eine falsche Fährte zu führen. Byrkenes beschuldigt Engelmann, weil ich es ihm heute morgen gesagt habe. Dabei weiß Gustav Byrkenes besser als jeder andere hier in diesem Raum, wer der Mörder ist.

Er ist es nämlich selber!"

„Was sagen Sie da?", rief Byrkenes. „Ich bin nicht der Mörder! Warum sollte ich diese Morde begehen, ich habe doch gar kein Motiv dafür?"

„Doch, Sie haben sogar gleich zwei Motive! Habgier und Angst! Zum einen möchten Sie das Erbe für sich ganz alleine beanspruchen, zum anderen fürchten Sie um Ihr eigenes Leben! Das sind für mich zwei sehr gute Motive!"

„Aber wieso sollte Byrkenes das Erbe für sich beanspruchen wollen, wo er doch gar kein Erbe ist?", fragte der Lord. „Das ist doch absurd!"

„Sind Sie sich da so sicher?", fragte McLane. „Ich bin es jedenfalls!

Ich werde Ihnen nun Schritt für Schritt erklären, was sich auf dieser Insel zugetragen hat und warum nur Byrkenes für diese Taten verantwortlich sein kann!"

Er wandte sich an Byrkenes.

„Doch zuerst erkläre ich Sie, den Notar Gustav Byrkenes, als verhaftet. Ich werfe Ihnen die vorsätzliche Tötung von Tex Hakonsson, Mario Cerutti und Anastasja Koloschenka vor, außerdem beschuldige ich Sie des versuchten Mordes an meiner Person!"

„Ich war es nicht!", rief Byrkenes. „Sie haben doch keine

Beweise! Sie stützen sich doch sicher wieder nur auf Ihre Indizien!"

„Doch, Sie waren es! Und ich habe es bewiesen!"

McLane nahm einen tiefen Atemzug.

„Es hat sich wie folgt auf dieser Insel zugetragen:

Vor drei Tagen kamen wir alle gemeinsam auf dieser Insel an. Wir wurden durch Sie, Herr Cunningmore, und Ihre Frau, Alma Holgersson, empfangen. Wir aßen zu Mittag, wonach sich einige Personen auf Ihre Zimmer zurückzogen, um sich auszuruhen. In dieser Zeit zog draußen ein schweres Unwetter auf. Ich, Herr Dr. Engelmann, Hugo Delahaye und Gustav Byrkenes verbrachten die Zeit bis zum Abendessen im Rauchsalon. Von dort aus betraten wir wieder den Speisesaal, als zum Abendmahl geläutet wurde. Gustav Byrkenes war in dieser Zeit nicht unbeobachtet. Bei der Abendtafel mussten wir schließlich feststellen, dass der alte Reeder nicht erschien. Wir fanden ihn tot in seinem Bett."

„Sehen Sie,", rief Byrkenes aufgebracht, „ich kann für diesen Mord gar nicht in Frage kommen! Es muss jemand anderes gewesen sein!"

„Wer sagt Ihnen, dass es ein Mord war?", fragte McLane.

„Dr. Engelmann: Ich stellte Ihnen am frühen Morgen fünf Fragen. Wären Sie so freundlich und würden den Anwesenden meine erste Frage an Sie wiederholen?"

Dr. Engelmann, der erleichtert war, doch nicht der Beschuldigte zu sein, antwortete:

„Sie fragten mich, ob ein Herzkranker sterben kann, wenn er es vergisst, seine Medikamente einzunehmen!"

„Richtig", antwortete McLane. „Und was war Ihre Antwort?"

„Ich sagte Ihnen, dass es, je nach Schwere der Herzerkrankung, durchaus möglich ist, dass ein Mensch stirbt, wenn er nicht regelmäßig seine Medikation einnimmt!"

McLane nickte. „Als ich nach dem Tode von Kjaergaard, in Anwesenheit des Notares, die Kammer des Reeders durchsuchte, fand ich eine Dose mit Tabletten. Von Herrn Dr. Engelmann konnte ich in Erfahrung bringen, dass es sich hierbei um ein Medikament handelte, das zur Behandlung von Herzleiden eingesetzt wird. In dieser Dose befanden sich noch exakt einhundert Tabletten. Dies war auch der angegebene Soll-Inhalt der Tablettendose. Ich kann daraus und aus der Tatsache, dass Kjaergaard keine weitere Dose mit sich führte, folgern, dass der alte Reeder eines natürlichen Todes durch einen Herzstillstand gestorben ist. Dies vermutlich, weil er es vergessen hatte, seine Tabletten einzunehmen.

Ich gehe tatsächlich davon aus, dass Sveinung Kjaergaard ohne jegliches Fremdverschulden von uns gegangen ist, schlicht und einfach, weil er es durch die Anreise versäumt hatte, seine Tabletten einzunehmen!"

Im Speisesaal herrschte eine Stille, dass man eine Stecknadel hätte fallen hören können.

„Zu diesem Zeitpunkt habe auch ich noch keinen Mord vermutet. Dies änderte sich allerdings, als in der darauffolgenden Nacht zuerst Alma Holgersson und anschließend Hugo Delahaye starben.

Wenn Sie sich erinnern wollen, war diese Nacht von starken Unwettern geprägt. Offensichtlich durch einen Blitzeinschlag brannten an diesem Abend die elektrischen Birnen in der gesamten Burg durch, weshalb wir schließlich im Dunkeln saßen. Cunningmore und seine Frau waren so freundlich, dafür zu sorgen, dass die Birnen gewechselt wurden und der Stromgenerator, der in der Scheune seinen Dienst verrichtete, wieder gestartet wurde.

Da dies eine geraume Zeit in Anspruch nehmen würde, hatten alle Anwesenden beschlossen, ihre Kammern aufzusuchen und sich zur Nacht zu betten.

Dr. Engelmann wurde schließlich in der Nacht von Cunningmore geweckt. Cunningmore hatte seine Frau draußen auf dem Boden liegend gefunden und zwar zwischen der Scheune und der Burg, in der Nähe des Telegrafenmastes. Nachdem Dr. Engelmann den Tod von Holgersson feststellen musste, beschlossen sie, mich zu wecken. Ich für meinen Teil beschloss, den Notar hinzuzuziehen, da zwei natürliche Todesfälle an einem Tag sehr unwahrscheinlich erschienen. Ich erbat mir von Byrkenes, als einzigem offiziellen Vertreter des norwegischen Staates, die Ermächtigung, Ermittlungen aufnehmen zu dürfen.

Dr. Engelmann stellte fest, dass Alma Holgersson einer Lähmungserscheinung erlegen war, die dazu führte, dass Holgersson das Regenwasser, welches in kurzer Zeit ihren geöffneten Mund gefüllt hatte, nicht ausspucken konnte. Dies, und ihr gelähmter Atmungsapparat, führten schließlich zum Erstickungstod.

Nach dem Todesfall von Kjaergaard musste ich

konkludieren, dass es sich wahrscheinlich um Mord handelte.

Herr Dr. Engelmann hielt es für durchaus möglich, dass Holgersson mit einer Cyanverbindung vergiftet worden sein könnte. Durch eine derartige Vergiftung wären die Lähmungserscheinungen und der Erstickungstod zu erklären gewesen.

Sicherlich hätte auch ein Blitzschlag zu diesen Symptomen und diesem Tod führen können, jedoch fehlten an ihrem Körper entsprechende Verbrennungen, die in diesem Falle zu finden hätten sein müssen.

Nur kurze Zeit später fand Hugo Delahaye an der gleichen Stelle seinen Tod, als er aus dem Fenster seines Zimmers stürzte und unmittelbar neben der Leiche Holgerssons auf dem Boden aufschlug. Zu diesem Zeitpunkt waren somit ich, Herr Engelmann und Herr Byrkenes anwesend. Mit dem Tod Delahayes musste somit schon aus Gründen der Wahrscheinlichkeit feststehen, dass es sich nicht um natürliche Todesursachen handeln konnte, sondern ein Mörder auf der Insel sein Unwesen trieb.

Diese Vermutung wurde bestätigt, als wir über das Morsegerät Hilfe vom Festland ordern wollten, dieses jedoch in defektem Zustand vorfanden. Offensichtlich hatte der Mörder bereits an diese Möglichkeit gedacht.

Der Umstand der drei Todesfälle haben meine Ermittlungen lange Zeit behindert, da ich hierdurch die falschen Schlüsse zog und den wahren Mörder auf dieser Insel nicht mit den Morden in Verbindung brachte.

Ich darf es vorwegnehmen: Weder Byrkenes, noch irgendjemand anderes, war für den Tod von Alma Holgersson und Hugo Delahaye verantwortlich.

So unglaublich und unwahrscheinlich es klingt, auch dies waren Todesursachen ohne Fremdeinwirkung!

Herr Dr. Engelmann: Ich stellte Ihnen diese Frage in der Nacht des Todes von Frau Holgersson und ich stellte Ihnen diese Frage heute am frühen Morgen. Wie lautete meine zweite Frage an Sie?"

„Sie fragten mich, ob die Entladung eines Blitzes, der nicht direkt in den Körper einschlägt, sondern nur in unmittelbarer Umgebung, in der Lage ist, die Muskeln eines Menschen vorübergehend so zu lähmen, dass man, wie im Falle Holgerssons, an dem Regenwasser ertrinken oder ersticken kann, mit dem sich der Mund füllt", antwortete Engelmann.

„Was war Ihre Antwort?"

„Das es sehr unwahrscheinlich, aber dennoch theoretisch möglich wäre!"

„Danke!", sagte McLane. „Cunningmore: Auch ich sprach Sie am heutigen Morgen. Auch ich stellte Ihnen Fragen. Würden Sie so freundlich sein, die erste Frage zu wiederholen?"

„Sie fragten mich, ob ich einen Spaten hätte!", antwortete Cunningmore.

„Richtig", antwortete der Schotte. „Ich ließ mir von Ihnen einen Spaten geben, nachdem ich zuvor die Füße Ihrer verstorbenen Frau untersucht hatte und ich feststellen konnte, dass sich kleine Blutergüsse an ihren Fußsohlen befanden, die sich in der Todesnacht dort noch nicht gezeigt hatten. Meiner Theorie zufolge ist Alma Holgersson tatsächlich an der Entladung eines Blitzeinschlags gestorben. Sie starb an einem Blitzeinschlag in den Telegrafenmast, in dessen Umgebung sie sich zu diesem Zeitpunkt befand. Das konnte ich nachweisen, indem ich heute Morgen mit dem Spaten, den mir Cunningmore zur Verfügung stellte, das Kabel ausgrub, dass zwischen Telegrafenmast und Burg in der Erde verläuft, und zwar an genau der Stelle, an der Alma Holgersson ihren Tod fand. Das Kabel war stark verschmort, so wie es nur durch einen Blitzschlag verschmoren konnte!"

„Und dieser Blitzschlag hat dann sicher auch das Morsegerät zerstört?", fragte Lord Colmsworth schlussfolgernd.

McLane wandte sich wieder an Cunningmore: „Welche Frage stellte ich Ihnen danach?"

„Ob ich auch einen Schraubenzieher für Sie hätte", antwortete der Diener.

„So ist es. Mit diesem Schraubenzieher öffnete ich das Morsegerät und untersuchte es. Ich konnte daraufhin zweifelsfrei feststellen, dass das Gerät nicht durch Menschenhand manipuliert wurde, sondern durch die Einwirkung der starken Überspannung des Telegrafenkabels Schaden genommen hatte!

Somit bleibt nur ein Schluss übrig: Alma Holgersson starb tatsächlich nicht durch Vergiftung, sondern schlicht durch die Folgen eines Blitzes, der in den Telegrafenmast eingeschlagen war! Der Strom wurde durch das schmorende Kabel in den umliegenden Boden abgegeben und gelangte über die Fußsohlen von Holgersson in ihren Körper, in dem er eine kurzzeitige Muskellähmung auslöste. Diese Lähmung war schließlich ursächlich für den Erstickungstod, den Holgersson in der Folge erlitt!"

„Und wie erklären Sie nun den Tod Delahayes?", fragte Assmann. „Der junge Herr ist doch sicher nicht einfach so aus seinem Fenster gesprungen?"

„Das ist richtig!", antwortete McLane. „Er tat es nicht aus freien Stücken. Aber es wurde auch nicht nachgeholfen!"

Lord Colmsworth hob seine Augenbrauen. „Wie soll ich das verstehen? Er tat es nicht freiwillig, aber es hat ihn auch niemand gezwungen?"

„So dürfen Sie das verstehen!", antwortete der Ermittler.

„Herr Dr. Engelmann, was war die dritte Frage, die ich Ihnen heute morgen stellte?"

„Sie fragten mich, ob ich es für möglich halte, dass Hugo Delahaye Epileptiker war!"

„So ist es! Ich fragte Dr. Engelmann, ob Delahaye möglicherweise Epileptiker war. Und, Herr Dr. Engelmann, hielten Sie das für möglich?"

Der Arzt rückte sich seine Brille zurecht, als wäre er aufgefordert, vor einem Komitee der renommiertesten

Ärzte der Welt zu referieren.

„Nun, es lässt sich nun leider natürlich nicht mehr eindeutig diagnostizieren, aber möglich war es durchaus. Am ersten Nachmittag, als wir im Rauchsalon Platz genommen hatten, war es Delahaye, der in einem der Sessel einschlief. Er hatte einen sehr unruhigen Schlaf, wie es für Epileptiker durchaus üblich ist, gleichermaßen war er von einer innerlichen Unruhe befallen, die der Verfassung epileptischer Menschen nahekommt. Ich führte dies zu diesem Zeitpunkt auf seinen psychischen Zustand nach seinem Autounfall zurück, doch auch Epilepsie könnte eine logische Erklärung sein!"

„Und hiermit kommen wir den Umständen des Todes von Delahaye auf die Spur", schloss McLane an. „Der Tod Delahayes muss, so unwahrscheinlich es im ersten Moment auch erscheinen mochte, eine Verkettung von Krankheit und unglücklichen Umständen gewesen sein. Wie ich, seit wir den alten Reeder tot in seinem Bett fanden, feststellen musste, sind die alten Fenster nicht besonders verschlusssicher, so dass sie durch kräftige Windstöße geöffnet werden können, so, wie es auch bei Sveinung Kjaergaard der Fall gewesen war. Zum anderen tobte draußen ein starkes Unwetter mit hellen Blitzen in schneller Abfolge!"

„Sie glauben, dass die Blitze auf die Epilepsie Delahayes eingewirkt haben könnten? Aber deswegen stürzt man sich doch noch nicht aus dem Fenster?", fragte Cunningmore.

„Unter Umständen schon!", antwortete der Schotte. „Im Jahre 1899, da war ich noch nicht lange im Dienst von Scotland Yard, hatten wir einen rätselhaften Mord in einem kleinen Dorf in Nordschottland zu untersuchen. Es schien, dass ein Wanderarbeiter, der auf einem Bauernhof zwei Tage zuvor in Dienst genommen worden war, vom Heuboden geworfen wurde. Dennoch waren, trotz ausgiebiger Spurensuche, keine Anzeichen für einen Mord oder einen Kampf zu finden. Wir fanden schließlich, nachdem wir seine Angehörigen gefunden hatten, heraus, dass dieser Wanderarbeiter gelegentlich als Schlafwandler unterwegs gewesen war. Dies war ihm schließlich zum Verhängnis geworden. Er hatte sich oben auf dem Heuboden zur Nacht gebettet, war in der Nacht jedoch aufgrund der unbekannten Umgebung, während er schlafwandelte, in die Tiefe gestürzt und gestorben.

Dr. Engelmann, nun können Sie erzählen, welche Frage ich Ihnen als nächstes stellte, und was Sie mir darauf antworteten!"

„Sie fragten mich, ob Schlafwandlerei durch einen epileptischen Anfall induziert werden kann. Dies musste ich bestätigen: Stärker noch, Epilepsie ist, das ist in medizinischen Fachkreisen bekannt, eng verbunden mit der Schlafwandlerei. Es ist, ich darf es Ihnen sicher nun vorwegnehmen, sehr wahrscheinlich, dass, wenn Delahaye Epileptiker war, er durch die hellen Blitze in einem schlafwandlerischen Zustand verkehrte und durch die unbekannte Umgebung durch ein geöffnetes Fenster steigen konnte, ohne dies bewusst mitzuerleben."

Die Anwesenden waren still. War dies möglich? Das mussten unglaubliche Zufälle sein, um diesen Geschehensverlauf wahr zu machen.

„Aber genauso gut hätte Delahaye doch auch durch einen von uns aus dem Fenster geworfen worden sein können?", sagte der Lord. „Was macht Sie so sicher, dass es doch ein Unfall war?"

„Ich darf daran erinnern, dass wir keine Kampfspuren und auch sonst keine Unauffälligkeiten in Delahayes Zimmer hatten entdecken können!", sagte McLane.

„Aber das alleine ist doch kein Beweis!", warf Assmann ein.

„Das nicht alleine", sagte McLane. „Wohl aber die Tatsache, dass der Schlüssel von innen im Schloss steckte! Ich habe das Zimmer eingehend untersucht. Es gibt nur zwei Zugänge, durch die jemand hinein gelangen konnte. Die Tür und das Fenster. Es ist durch die Höhe des Fensters und die Fassade nahezu unmöglich, unbemerkt durch das Fenster einzusteigen oder aus ihm zu flüchten. Der Täter musste also durch die Tür gekommen sein und das Zimmer auch durch die Tür wieder verlassen haben. Das Zimmer konnte nicht durch einen Zweitschlüssel geöffnet worden oder wieder verschlossen worden sein, da wir den Schlüssel in dem abgeschlossenen Schloss der Tür fanden. Dies macht den Einsatz eines Zweitschlüssels unmöglich.

Es ist zwar möglich, sich des Schlüssels von außen zu bemächtigen, - ich führte es selbst vor - , doch ist es nicht möglich, das Schloss von außen zu schließen und dabei den Schlüssel wieder in seine Innenposition zu bringen. Daraus folgt zwangsläufig, das Delahaye alleine im

Zimmer gewesen sein musste. Niemand war bei ihm.
Somit ist Schlafwandlerei, zugegeben, neben dem Suizid,
für den wir aber keine Anhaltspunkte haben, die einzig
mögliche Erklärung!"

Byrkenes war noch immer aufgebracht gegenüber den
Beschuldigungen, denen er sich ausgesetzt sah. Nun
platzte es aus ihm heraus: „Sie sagen doch selbst, dass es
nur unglückliche Umstände waren, die zu den Todesfällen
führten. Wieso sollte ich dann zu einem Mörder geworden
sein? Ich bin unschuldig!"

„Nein, das sind Sie nicht!", antwortete McLane sachlich.

„Wie ich bereits sagte, ich kann es sogar beweisen! Und
jetzt kommen wir auch zu Ihnen, Byrkenes. Denn nun
beginnt Ihr Auftritt. Es sind gleich zwei Dinge, die mit
Ihnen geschehen sind und die gleichermaßen auch zu
Ihrem Motiv für diese Gräueltaten wurden.

Ein Motiv ist so simpel, wie die Menschheit alt ist:

Angst.

Sie waren von Anfang an bei den Ermittlungen beteiligt.
Sie dachten das Gleiche, was auch Dr. Engelmann und ich
dachten: Drei mysteriöse Todesfälle innerhalb von
wenigen Stunden können kein Zufall sein. Genau, wie ich

auch, waren Sie der festen Überzeugung, dass auf der Insel ein Mörder umherlief, der es nicht nur auf die Erben, sondern auch auf alle anderen abgesehen zu haben schien. Also auch auf Sie, nicht wahr?

Angst ist ein verbreitetes Motiv für Mord. Statistisch gesehen ist es sogar, wenn man von Verwandschaftsbeziehungen absieht, das zweithäufigste Motiv. Kaum etwas ist so gefährlich, wie ein Mensch, der Angst hat.

Doch Sie, Byrkenes, hatten nicht nur eine abstrakte Angst vor dem angeblichen Mörder unter uns, für Sie wurde die Angst sogar sehr konkret, als Sie selbst plötzlich Vergiftungserscheinungen zeigten. Scheinbar hatte es der vermeintliche Mörder nun auf Sie abgesehen und versucht, Sie mit Arsen zu vergiften."

„Nicht nur scheinbar!", rief Byrkenes. „Die Vergiftung habe ich nicht erfunden. Es hat jemand versucht, mich zu vergiften! Und wer sollte es wohl anders gewesen sein, als Frau Assmann. Wir haben das Arsen selbst bei ihr im Zimmer gefunden!"

„Sie meinen, als Sie den Gürtel aus Frau Assmanns Schrank stahlen?", fragte McLane.

„Ich habe nichts gestohlen!", antwortete Byrkenes trotzig.

261

„Doch, das haben Sie. Aber an diesem Punkt sind wir noch nicht! Und ja, es ist wahr, Sie haben sich mit Arsen vergiftet. Diese Symptome waren genauso echt, wie Ihre Angst, von dem angeblichen Mörder vergiftet worden zu sein.

Doch Tatsache ist: Das wurden Sie nicht! Vielmehr vergifteten Sie sich selbst, ohne es zu wissen."

„Der Mörder hat sich selbst vergiftet?", fragte Lord Colmsworth spöttisch. „Wie geht so etwas vonstatten?"

„Indem man eine Arsenüberempfindlichkeit hat und sich zu lange in den falschen Räumen aufhält", konstatierte der Ermittler. „In dieser alten Burg, die wohl das letzte Mal vor mindestens sechzig bis siebzig Jahren renoviert wurde, wenn wir einmal von den elektrischen Leitungen absehen, hat man seinerzeit prächtige, grüne Ornamenttapeten auf die Wände gebracht, und zwar vornehmlich im Rauchsalon und in dem Zimmer, das man Byrkenes als Schlafgemach zugewiesen hatte. Es ist vielleicht nicht jedem bekannt, aber in vielen grünen Tapeten und Anstrichen aus dieser Zeit ist eine nicht unbeachtliche Menge an Arsen enthalten: Das sogenannte Pariser Grün. Es ist verantwortlich für viele Arsenvergiftungen und auch Tote seit dieser Zeit. Und diese Tapeten, die hier so prunkvoll die Wände verschönern, bestehen aus eben diesem Pariser Grün. Ich habe es selbst überprüft, indem ich meine Haut dieser Tapete aussetzte. Ich habe an dieser Stelle eine Rötung und einen kleinen Ausschlag bekommen. Es kann sich daher nur um Pariser Grün handeln! Byrkenes war lange der arsenhaltigen Luft ausgesetzt, sowohl im Rauchsalon, als auch, noch wesentlich länger, in seinem Zimmer. Die Symptome traten schließlich zu Tage, als er sich mit Dr. Engelmann und mir in der Nacht, in der Holgersson und Delahaye starben, im Rauchsalon aufhielt, dort eine Weile direkt an der Wand stand und die Gemälde betrachtete. Dort war er im erhöhtem Maße dem flüchtigen Arsen ausgesetzt, welches schließlich die Symptome, die wir an ihm sahen, auslöste.

Es ist nur zu deutlich, was Sie, Herr Byrkenes, gedacht haben müssen: Es befindet sich ein Mörder auf der Insel, und ich soll offensichtlich sein nächstes Opfer sein!

Was bringt denn mehr Sicherheit, als sich dann den möglichen Mordverdächtigen zu entledigen? Tötet man den Mörder, befindet man sich selbst in Sicherheit. Ist es nicht so?"

„Das ist doch Irrsinn!", rief Byrkenes. „Ich bringe doch niemanden um, nur weil ich Angst vor dem Mörder habe!"

„Das glaube ich Ihnen sogar,", bestätige McLane, „aber am gleichen Abend kam noch ein wesentlich bedeutsameres Motiv hinzu. Ist es nicht so, Byrkenes?"

„Ich weiß überhaupt nicht, wovon Sie sprechen!", polterte der Notar.

„Nein?", fragte McLane. „Ich könnte ja Ihr Gedächtnis ein bisschen stützen!

Ich muss zugeben, es liegt vermutlich an meinem Alter, dass es mir erst in der vergangenen Nacht und nicht viel eher aufgefallen ist. Ich frage mich, warum mir das nicht viel früher in den Sinn kam, vermutlich säße dann noch der eine oder die andere mit an dieser Tafel.

Es ist das Puzzlestück, dass ich zur Lösung dieses Falles so lange suchte, doch erst in dieser Nacht fiel es an seinen Platz. Dabei ist es sehr viel größer als ein Puzzlestück, und es war für jedermann ersichtlich. Man musste nur noch den richtigen Schluss ziehen.

In der Nacht, in der Holgersson und Delahaye starben und Engelmann, Byrkenes und ich im Rauchsalon die ersten Schlüsse versuchten zu ziehen, eben die gleiche Nacht, in der Byrkenes die Vergiftungserscheinungen bekam, stand er an der Wand und betrachtete ein Gemälde. Es ist das Gemälde des vor wenigen Monaten verstorbenen Hakonsson, dem letzten echten Hakonsson auf Urter, dessen Versterben wir unsere Anwesenheit hier als Erben zu verdanken haben.

Verehrte Anwesenden, möchten Sie mir bitte in den Rauchsalon folgen? Sie können sich gerne von meiner Erkenntnis selbst überzeugen!"

Mit fragenden Gesichtern, aber interessiert, folgten die Anwesenden dem alten Ermittler, der sie in den Rauchsalon führte. Auch Byrkenes wurde gedeutet, dass er mitzukommen habe.

Vor dem Gemälde des alten Hakonsson blieb die Gruppe stehen.

 McLane ergriff wieder das Wort:

„Schauen Sie sich bitte den Mann auf diesem Gemälde genau an. Wenn Sie dieses Gesicht nur lange genug auf sich wirken lassen, wen sehen Sie dann?"

Schweigsam betrachteten die Anwesenden das Gemälde.

Auf einmal brach der Lord die Stille:

„Mein Gott, tatsächlich, ich sehe Byrkenes!"

„Sie sehen richtig!", sagte McLane. „Unser Notar sieht dem Verstorbenen erstaunlich ähnlich. Dies warf folgende Frage bei mir auf: Von wem stammt der Notar Gustav Byrkenes ab? Und genau die gleiche Frage wurde für Byrkenes beantwortet, als er in der besagten Nacht an dieser Wand stand und dieses Gemälde betrachtete."

„Was reden Sie da?", unterbrach ihn der Notar. „Das ist absurd!"

„Nein," sagte McLane, „es klingt absurd, aber es ist es nicht. Cunningmore, ich habe im Laufe der Ermittlungen erfahren, dass Sie nicht unbekannt in Haugesund sind und im Laufe der Jahre viele Kontakte aufgebaut haben. Sie kennen Byrkenes, wenn auch nicht besonders eng, schon viele Jahre, seit Sie damals in Haugesund ankamen. Das hat mir Byrkenes selbst gesagt. Wollen Sie uns verraten, was ich Sie am heutigen Morgen fragte, nachdem ich Sie um Spaten und Schraubenzieher gebeten hatte?"

„Sie fragten mich, was ich noch über Byrkenes wisse, insbesondere über seine Herkunft!", antwortete der Diener pflichtbewusst.

„Und was konnten Sie mir über das Elternhaus des Notars erzählen?"

„Zugegeben, ich weiß nicht viel über Byrkenes. Was ich aber weiß, ist, dass Gustav Byrkenes das uneheliche Kind einer Affaire seiner Mutter war. Das ist in der Stadt bekannt und war seinerzeit wohl Gegenstand des Klatsch und Tratsches in Haugesund. Den Nachnamen hat er von seiner Mutter bekommen, Ida Mathilde Byrkenes. Sein Vater war niemandem bekannt und Ida Byrkenes hat den Vater auch niemals verraten. Es war ein Geheimnis, das sie mit ins Grab nahm. Byrkenes ist jedenfalls nur mit seiner Mutter aufgewachsen. Man erzählt sich, dass seine Mutter von dem Kindesvater einen großen Geldbetrag für ihr Schweigen erhalten habe. Auch die Herkunft der Gelder, die Byrkenes als Sohn einer einfachen Magd zum Studieren brauchte, sind wohl ungeklärt. Offenbar kannte Byrkenes seinen Vater auch nicht, selbst wenn er auf die Kosten des Unbekannten studieren konnte, welche ihm sein Leben als Notar erst ermöglichten."

„Nun Byrkenes," sagte McLane, als er sich wieder dem Notar zuwandte, „ich denke, diese Frage hat sich für Sie geklärt, als Sie in der besagten Nacht hier standen und das Gemälde betrachteten. Sie bemerkten die Ähnlichkeit, und es wurde Ihnen endlich klar, von wem Sie abstammten:

Von diesem Mann!" Er zeigte auf das Gemälde. Dann wandte er sich an Byrkenes:

„Ist es nicht so, dass Sie niemals wussten, von wem Sie abstammen? Und dann kommen Sie mit uns her, und Sie entdecken auf diesem Portrait Ihr Ebenbild. Es schließt sich der Kreis: Ihre alleinerziehende Mutter, eine Magd, ein Vater, über den Sie nichts wissen sollten und eine freigiebige Hand, die es Ihnen trotz Ihrer Herkunft ermöglicht hatte, ein Studium zu absolvieren."

Byrkenes blickte zu Boden und schwieg.

„Schließlich wurde Ihnen alles klar: Ihr Vater ist kein Geringerer als Erik Hakonsson, dessen unehelicher Sohn Sie sind. Ihm haben Sie Ihr Studium zu verdanken, genauso, wie Ihre vaterlose Kindheit als uneheliches Kind. Und schließlich realisierten Sie, dass Sie mit neun Menschen auf der Insel Ihres Vaters verweilen, die dies alles in wenigen Tagen erben sollen, was doch eigentlich Ihnen zustehen musste. Dann kam die Habgier in Ihnen auf. Sie mussten verhindern, dass diese Leute, die aus der ganzen Welt angereist sind, erben, bevor Sie Ihren Anspruch geltend machen konnten.

Was liegt also näher, wenn man vermutet, dass man mit einem Mörder, der es sogar auf einen selbst abgesehen hat, und neun unberechtigten Erben auf einer Insel im Nordmeer sitzt? Man bringt sie alle um ihr Leben und lässt ihre Leichen verschwinden. Schließlich tötet man auch noch alle Zeugen. Keiner außer Ihnen wusste, dass wir als Erben zu dieser Insel angereist sind und keiner hätte Fragen gestellt, wenn wir verschwunden wären. Sie hätten anschließend in Ruhe Ihren Erbanspruch anmelden können und hätten, nach einer Prüfung, Ihren rechtmäßigen Anspruch geltend gemacht."

„Das ist ungeheuerlich!", rief Lord Colmsworth. „Er hätte uns alle getötet und unsere Leichen verscharrt oder ins Meer geworfen! Byrkenes, sagen Sie schon, ist das wahr?"

Byrkenes sah ihn nicht an. „Sie haben keine Beweise gegen mich. Das ist alles nur eine Theorie!"

„Wie ich schon sagte, ich werde es beweisen!", sagte McLane. „Aber kommen wir doch nun zu dem ersten tatsächlichen Mord, den Byrkenes beging, nachdem er beschlossen hatte, uns von dieser Insel und der Welt verschwinden zu lassen: Dem Tod von Tex Hakonsson.

Tex Hakonsson starb, als wir am Tage nach dem Tode von Holgersson und Delahaye unsere Befragungen aufgenommen hatten. Dies taten wir hier im Rauchsalon, von dem wir nun wissen, dass wir dort durch das Pariser Grün einer erhöhten Arsenkonzentration ausgesetzt waren.

Schon bald machten sich, durch die Vorbelastung und die Überempfindlichkeit, wieder schwache Vergiftungserscheinungen bei Byrkenes bemerkbar, woraufhin dieser beschloss, auf sein Zimmer zu gehen und sich auszuruhen. Dieses war nun das Zimmer von Hugo Delahaye, und das ist, im Gegensatz zu dem vorherigen Schlafzimmer, nicht mit Pariser Grün ausgekleidet.

Daher mussten sich, ich besprach es mit Dr. Engelmann, schon bald die Symptome wieder lindern.

Sobald Byrkenes sich also wieder wohlauf fühlte, bot sich ihm die günstige Gelegenheit, das erste Mal zuzuschlagen, ohne dass man ihn verdächtigen würde. Es war auch für ihn offensichtlich, dass der Verdacht auf andere fallen musste. Zum einen schien er als Notar kein Motiv zu haben, zum anderen hatte sich der mutmaßliche Mörder von Kjaergaard, Holgersson und Delahaye bereits an ihm selbst vergriffen, indem er ihn mit Arsen vergiftet hatte. Und zuletzt war er schließlich beim Tode von Delahaye in Gesellschaft gewesen, weshalb man ihn ohnehin nicht verdächtigte, der Mörder zu sein.

Byrkenes schlich sich also auf den Flur und entwendete das Schwert von der Rüstung, welches die einzige und offensichtlichste Mordwaffe ist, die dort zu finden war. Nun musste er nur dem Opfer auflauern, welches sich ihm als Erstes anbot. Der Zufall wollte es, dass es Tex Hakonsson war. Byrkenes schlich sich von hinten an ihn heran. Er musste nur noch den Moment abwarten, in dem Hakonsson sich umdrehte, weil er jemanden hinter sich vermutete. Schon stach er mit dem Schwert zu. Es war ein Leichtes, danach wieder in seinem Zimmer zu verschwinden, die Tür abzuschließen und den Kranken zu mimen. Niemand würde ihn verdächtigen. Und so war es auch!"

Assmann schüttelte den Kopf. „Unfassbar!"

„Von diesem Zeitpunkt an galt es für Byrkenes, keine Zeit zu verlieren. Er musste uns schließlich alle töten, bis es Urter das nächste Mal von einem Boot angefahren werden würde. Und dies musste geschehen, ohne dass der Verdacht auf ihn gelenkt werden konnte. Für Byrkenes galt es also: Jeder passende Moment war zu nutzen."

„Er hat also auch Cerutti umgebracht, den ich zuvor doch so schrecklich bezichtigt hatte, der Mörder zu sein?", fragte Lord Colmsworth.

„Auch diesen brachte er um,", antwortete McLane, „er vergiftete ihn!"

„Womit?", fragte Cunningmore. „Und wie hat er es gemacht?"

„Er vergiftete Cerutti mit eben denselben Herztabletten, deren Vergessen dem alten Kjaergaard verhängnisvoll wurden!", antwortete McLane.

„Unsinn!", antwortete Byrkenes. „Und wie hätte ich das denn anstellen sollen?"

„Im Grunde genommen war das nicht schwer", antwortete der Schotte. „Sie wussten, weil Sie bei der Untersuchung anwesend waren, dass im Zimmer des Reeders eben diese Tabletten vorhanden waren. Und wären nicht in der vergangenen Nacht alle Puzzlestücke in ihre rechte Position gefallen, ich hätte sie nicht mehr nachgezählt. Doch das habe ich heute morgen getan. Und was durfte ich entdecken? Die Pillendose, die beim Tode Kjaergaards voll und mit einhundert Tabletten gefüllt war, enthielt nun nur noch siebenundsechzig Tabletten. Es fehlten demnach dreiunddreißig Pillen. Mehr als genug, um bei gleichzeitiger Einnahme einen Menschen zu töten. Nicht wahr, Herr Dr. Engelmann?"

„Auch die Hälfte hätte schon genügt!", antwortete der Arzt. „Und tatsächlich, Byrkenes wusste das auch. Er hatte mich beiläufig über dieses Medikament ausgefragt, und ich habe nicht die richtigen Schlüsse gezogen!"

McLane nickte.

„Es standen also nur noch zwei Fragen im Raum: Wie konnte Byrkenes in das Zimmer des Reeders gelangen, und wie hat er Cerutti die Pillen verabreicht?

Hierfür kommt aber auch jeweils nur eine Möglichkeit in Betracht. Nachdem wir Tex an der Galerie tot aufgefunden haben, stand Byrkenes an meiner Seite. Er wusste, dass ich die Schlüssel der Zimmer in meiner Westentasche aufbewahre. Als ich mich über die Leiche beugte, hatte ich mich meiner Weste entledigt und diese an Byrkenes gegeben. Es war somit für ihn leicht, den Schlüssel in der Aufregung des Momentes aus meiner Westentasche zu nehmen und ihn mir im Laufe des Tages ebenso unbemerkt zurückzustecken. Zu allem Unglück erteilte ich auch noch Byrkenes des Auftrag, alle übrigen Waffen in der Burg an sich zu nehmen und zu verschließen. Es war allerdings nicht gefährlich, dass Byrkenes damit immer noch über die Waffen verfügen konnte, denn er konnte sie schließlich nicht mehr einsetzen. Der Verdacht wäre auf ihn gelenkt worden, hätte er erneut eine historische Waffe benutzt, da nur er im Besitz des Schlüssels war. Aber durch diesen Auftrag blieb ihm die Gelegenheit, in einem unbeobachteten Moment die Kammer des Reeders zu betreten und sich der Tabletten für seinen nächsten Mord zu bemächtigen.

Dr. Engelmann, nennen Sie mir doch bitte die fünfte Frage, die ich Ihnen stellte!"

„Sie fragten mich, ob Byrkenes, Cunningmore und ich die Waffen zusammen einsammelten, oder ob wir uns trennten", antwortete der Arzt.

„Und was taten Sie?"

„Wir hatten uns aufgeteilt, Byrkenes ging alleine ins Obergeschoss, ich durchsuchte mit Cunningmore das Untergeschoss, und sammelte die Schwerter ein. Ich hatte

mich mit dem Notar auf diese Verteilung geeinigt, weil
Cunningmore zu unseren Verdächtigen zählte und es uns
nicht sinnvoll erschien, einen Verdächtigen alleine die
Waffen einsammeln zu lassen. Byrkenes hingegen
erschien von Anfang an als unbefangen, da er bei dem
Tode Delahayes anwesend war. Für mich war er damit als
Mörder ausgeschlossen."

McLane nickte. „So war es also. Byrkenes hatte damit alle
Möglichkeiten in der Hand, sich der Tabletten von
Kjaergaard zu bemächtigen. Und er tat es.

Zu meiner Schande muss auch ich zugeben, dass ich
Byrkenes viel zu häufig unbeobachtet ließ, da ich nicht
ernsthaft in Betracht gezogen hatte, dass sich hinter
diesem scheinbar korrekten und rechtschaffenen Notar ein
Mörder verbergen könnte. Und so erhielt Byrkenes schon
wenig später seine nächste Gelegenheit, zu morden.

Wie Sie sich vielleicht erinnern, sorgten an diesem Tage
Byrkenes, Colmsworth und Cunningmore für die
Abendtafel, indem sie zu Dritt servierten. Abermals bot
sich dem Notar die Gelegenheit, unbeobachtete Momente
zu nutzen. Er musste, während Colmsworth und
Cunningmore die Küche verließen, lediglich zügig die

Tabletten mörsern und unter die Kartoffeln von Cerutti mengen. Schon waren die Vorbereitungen für den nächsten Mord getroffen. Den Rest würde das Mordopfer selbst erledigen. Indem Cerutti sein Mahl verspeiste, sorgte er somit selbst für seine Vergiftung. Sein Tod war damit nicht mehr aufzuhalten. Wenige Stunden später war es um ihn geschehen und Byrkenes hatte sich eines weiteren Erben entledigt!"

„Wie konnten wir so blind sein?", fragte Emilia Assmann nachdenklich.

„Manchmal ist uns die Wahrheit so fremd, dass wir lieber der Offensichtlichkeit den Vorzug geben!", antwortete McLane.

„Also hat Byrkenes auch Koloschenka erdrosselt?", fragte Lord Colmsworth. „Aber wie gelangte er an Assmanns Gürtel?"

„Das war noch leichter, als sich der Tabletten Kjaergaards zu bemächtigen. Ich habe ihn hingeführt, er musste nur noch zugreifen. Während Cerutti in der Abwesenheit von Byrkenes und mir hoffnungslos mit seinem Leben kämpfte, durchsuchte ich gemeinsam mit Byrkenes das Zimmer von Assmann, zu dem ich mir Zugang verschafft hatte. Zu diesem Zeitpunkt lastete auf ihr der Hauptverdacht. Byrkenes durchsuchte den Kleiderschrank. Er musste eigentlich nur noch zugreifen und den Gürtel mitnehmen. Dann erdrosselte er in einem günstigen Moment Koloschenka, in deren Zimmer er sich geschlichen hatte und beließ den Gürtel an ihrem Hals. Ihm war klar, dass ich mich an den Gürtel erinnern würde und dies würde den Verdacht, dass Assmann hinter der Mordserie steckte, nur weiter erhärten!"

Byrkenes bäumte sich auf seinem Stuhl auf, schaute McLane in die Augen und sagte mit ruhiger, geradezu sicherer Stimme: „Nun haben Sie mir alle Morde in die Schuhe geschoben, doch alles, was ich bisher von Ihnen hörte, war nur eine schöne Geschichte. Es mag sich gut anhören, doch bisher haben Sie keinen einzigen Beweis vorgetragen! Sie haben eine reiche Phantasie, doch nichts gegen mich in der Hand. Was wollen Sie also tun? Hiermit bringen Sie mich nicht ins Gefängnis!"

„Das stimmt, doch dennoch konnte ich Sie überführen, und meine Theorie damit durch Ausschluss bestätigen!

Als ich Sie heute Morgen in die Küche bat, um mit Ihnen die Entlarvung des angeblichen Mörders Dr. Engelmann zu besprechen, tat ich dies nur zu einem einzigen Zweck: Um Ihnen die Gelegenheit zu geben, mich als Ihr nächstes Opfer auszuwählen. Ich wusste, dass Sie die nächste Gelegenheit nutzen würden, um mich loszuwerden. Schließlich wurden die Verdächtigen immer weniger, und es wäre eine Frage der Zeit gewesen, bis ich Ihnen auf die Schliche gekommen wäre! Sie mussten mich aus dem Weg räumen und diese Gelegenheit habe ich Ihnen gegeben.

Cunningmore, würden Sie den Anwesenden eröffnen, um was ich Sie bat, nachdem ich einen Spaten und einen Schraubenzieher von Ihnen erfragte?"

„Sie fragten mich, ob ich Ihnen neben einer Flasche klaren Schnapses eine Flasche Methanol zur Verfügung stellen könnte, was ich auch tat!"

„Danke, Herr Cunningmore. So ist es. Sie stellten mir die entsprechenden Flaschen zur Verfügung. Ich leerte die Flasche Methanol, die Sie mir gaben, und füllte Sie mit Wasser, so dass von außen optisch kein Unterschied zu erkennen war. Dann stellte ich die Flasche auf das Regal über dem Platz, an dem ich gedachte, mich zu setzen. Ihnen, Byrkenes, wies ich den Stuhl gegenüber zu. Sie hatten somit die beste Sicht auf die schöne Methanolflasche, die ich eigens für Sie vorher präparierte. Gleichermaßen bat ich Cunningmore, uns etwa fünf Minuten, nachdem unser Gespräch begonnen hatte, zu stören und mich für eine Weile aus der Küche zu bitten.

Nachdem ich Ihnen und mir ein Glas klaren Schnaps eingeschenkt hatte, klopfte es also an der Tür und Cunningmore bat mich, wie ich es ihn gebeten hatte, mit ihm hinaus zu gehen."

McLane blickte wieder in die Runde.

„Dieser Bitte folgte ich natürlich und bat Byrkenes, seinerseits die Küchentür abzuschließen, bis ich wieder zurück wäre. Da er dies auch tat, konnte ich sicher sein, dass außer Byrkenes niemand in der Zwischenzeit die Küche betreten würde.

Ich ließ mir ein bisschen Zeit, bis ich dann wenig später zurückkehrte und um Einlass bat, woraufhin Byrkenes mir wieder die Tür öffnete. Wir nahmen erneut Platz und führten unsere Unterredung fort. Dann trank ich meinen Schnaps!"

McLane schaute Byrkenes durchdringend in die Augen:

„Doch ich schmeckte nur Wasser!"

279

Kapitel 12

Was weiter geschah...

Am siebenundzwanzigsten Oktober des Jahres 1935 betrat ein Mann mit edler, kerzengerader Statur die Zentrale der NordBank in der norwegischen Hauptstadt Oslo. Der etwa siebzig Jahre alte Herr, der mit deutlich englischem Akzent sprach, trat zum Schalter vor und forderte den Beamten, der ihn willkommen hieß, auf, ihm einen Termin bei dem Geschäftsführer des Geldinstitutes zu besorgen. Gleichzeitig machte er auf manierliche, aber unmissverständliche Weise deutlich, dass sein Anliegen keinen Aufschub duldete.

Etwa fünfzehn Minuten später wurde er über eine große Marmortreppe in das holzvertäfelte Arbeitszimmer des Bankvorstandes geleitet, wo er in einem grünen Ledersessel Platz nehmen durfte.

Der Edelmann überreichte eine Erbschaftsurkunde, unterzeichnet durch einen gewissen Gustav Byrkenes, Notar aus Haugesund, die ihn als alleinigen Erben des Grundbesitzes Urter sowie eines bei der NordBank deponierten Vermögens von umgerechnet 8,7 Millionen britischen Pfund sowie 4,73 Kilogramm Goldes auswies.

Dieses Vermögen wollte der Edelmann, der sich als ein gewisser Lord Colmsworth aus dem englischen Whitby legitimierte, am heutigen Tage in Empfang nehmen.

Etwa zwei Stunden später verließ der Edelmann die Bank, in der linken Hand einen braunen Aktenkoffer, in der anderen Hand und auf dem Rücken jeweils eine große, prallgefüllte Tasche.

♦

Es war so leicht gewesen. Schon vor seiner Abreise aus England hatte er sich über eine alte Seilschaft, die über gewisse Kontakte verfügte, Botulinumtoxin verschaffen können. Dies hatte ihn zwar einen Großteil der in seinem Besitz verbliebenen Ländereien gekostet, doch für ihn war es ein Vielfaches mehr wert gewesen.

Nachdem er besagtem Notar ganz unverfänglich per Telegramm hatte entlocken können, dass der Wert der zu erwartenden Erbschaft eine entsprechend weite Reise rechtfertigen würde, musste er alles auf eine Karte setzen.

Sein Vermögen war fast verlebt, seine Stellung in Gefahr. Er brauchte dringend Geld.

Mit einer ausreichenden Menge des Botulinumtoxin, dem wohl giftigsten bekannten Wirkstoff der Welt, stand der Lord am ersten Oktober des Jahres 1935 im Hafen von Haugesund.

Lange hatte es nicht gedauert, bis er die Wirksamkeit des Mittels an dem ohnehin bereits 91-jährigen Reeder der DanskLine testen konnte. Es war bei dem ersten Mahl nach Ankunft auf der Insel nicht schwierig gewesen, während des angeregten Gespräches mit dem alten Herren ihm eine ausreichende Dosis in die Rindsbrühe zu träufeln.

Lord Colmsworth hatte sich informiert: Die Letalität dieses Mittels trat erst nach wenigen Stunden ein und es würde aussehen, wie ein einfacher Herzstillstand. Wer kam mehr als erstes Opfer in Betracht, als ein uralter Greis, bei dem ein plötzlicher Herztod sicherlich keinerlei Fragen aufrufen würde?

Innerhalb kürzester Zeit könnte er sich mit dem Mittel aller Miterben entledigen, dann der Zeugen und zum

Schluss des Notares, der ihm noch, vor seinem Ableben, das gesamte Erbe zusprechen musste.

Doch die sich überschlagenden Ereignisse hatten seine Pläne durchkreuzt. Plötzlich starb Alma Holgersson, dann Hugo Delahaye.

Auch wenn der Franzose für ihn schon aufgrund seiner unmöglichen Manieren und seiner vorlauten Art als nächstes Opfer auf dem Plan stand, so hatte Colmsworth mit seinem Tode nichts zu tun. Ebenso wenig hatte er bei Holgersson nachgeholfen. Tatsächlich war ihm das Schicksal zuvor gekommen, so wie es der schottische Ermittler später festgestellt hatte.

Doch dann, als er gerade bei Anastasja Koloschenka hatte zuschlagen wollen, trat Byrkenes auf den Plan und tat dem Lord einen großen Gefallen.

Der reine Zufall wollte es, dass Colmsworth just in dem Moment die Toilette aufsuchen wollte, als Byrkenes dem amerikanischen Viehhändler das Schwert in den Brustkorb rammte. Er hatte diese Szene unbemerkt beobachten können und seinen Kopf schnell wieder aus dem Türrahmen seines Zimmers zurückgezogen und die Tür schließen können, noch bevor ihn Byrkenes hatte sehen können.

Es war dem edlen Engländer nicht klar, warum Byrkenes vor seinen Augen den Amerikaner ermordet hatte, doch wusste er, dass es offensichtlich noch jemanden auf dieser Insel gab, der anderen nach dem Leben trachtete.

Dies verschaffte ihm allerdings einen enormen Vorteil, der spätestens mit dem Tode Ceruttis deutlich wurde:

Offensichtlich brauchte er vorerst seine Hände nicht zu rühren, denn Byrkenes erledigte sauber und präzise die Arbeit, die er eigentlich für sich beanspruchen wollte. Er musste also nur abwarten und Byrkenes machen lassen. Lediglich zu seiner eigenen Sicherheit achtete er genauestens darauf, nicht mit Byrkenes alleine in einem Raum zu verkehren, um nicht selbst zu einem Opfer zu werden.

So starben weiter die Gäste ohne sein Zutun, und er konnte sich unbesorgt in Unschuld wiegen.

Doch als McLane, dieser überaus findige Ermittler, schließlich herausgefunden hatte, dass der Notar für die Tode von Cerutti, Koloschenka und Hakonsson verantwortlich war, wurde er, -für sein Empfinden-, viel zu früh der Möglichkeit beraubt, sich hinter dem Werk eines

285

anderen weiter verstecken zu können.

Und doch schaffte die Situation eine überaus günstige Ausgangsposition für sein Vorhaben: Während man den Notar wegsperrte, um ihn zum nächstmöglichen Zeitpunkt an die norwegische Polizei zu übergeben, speisten nun alle übrigen Überlebenden, dem Diener eingeschlossen, an einer Tafel und nahmen wieder unbesorgt ihre Mahlzeiten zu sich.

Jegliches Misstrauen war mit der Verhaftung des Notares gewichen.

Ein fataler Fehler!

Zum Mittagsmahl, an dem Tage, an dem Byrkenes entlarvt wurde, war Lord Colmsworth, in der großzügigen Manier des Edelmannes, in der Küche zugegen gewesen, um Cunningmore zu Hilfe zu sein.

In der Erleichterung, endlich den Mörder gefunden zu haben, hatte sich offensichtlich nicht einmal McLane darüber gewundert, dass der Lord, der sonst so erpicht darauf war, seine Stellung von der eines einfachen Dieners abzugrenzen, so großzügig bereit gewesen war, seine

Arbeitskraft in der Küche zur Verfügung zu stellen.

Es dauerte nur den Bruchteil einer Sekunde, das ganze Fläschchen Botulinumtoxin in der Vorspeisensuppe aufgehen zu lassen. Während Cunningmore die Tafel im Speisesaal bereitete, war er, ganz in seinem eigenen Sinne, bereit gewesen, dem eingeschlossenen Notar seine Mahlzeit zukommen zu lassen. So war es kein Problem, Byrkenes nur die Hauptspeise zu servieren, während Cunningmore, als unwissender Gehilfe des Sensenmannes, der gesamten überlebenden Gesellschaft mit der Vorspeise den Tod servierte.

Bei dem gemeinsamen Mahl brauchte der Lord nur noch etwas unaufmerksam seine eigene Suppe umzustoßen und sich für sein Missgeschick in seinen besten Manieren zu entschuldigen, schon war das Schicksal besiegelt:

Vier Stunden später verstarben Assmann, Cunningmore, McLane und Engelmann an Herzversagen, fast so, als habe es eine natürliche Ursache gegeben.

Danach blieb nur noch eines zu tun. Mit einem alten Kurzschwert bewaffnet holte er Byrkenes aus seinem Gefängnis.

Ein wenig Psychologie, namentlich in Form des

Versprechens, den Notar am Leben zu lassen und ihm nach Zuteilung die Hälfte des Erbes zu überschreiben, half ihm, den Rest seines Planes in die Tat umsetzen zu lassen.

Nachdem der Notar unter Angst um sein Leben mit offizieller Urkunde den Lord als angeblich rechtmäßigen Alleinerben beurkundet hatte, ließ der Engländer Byrkenes auf dem Inselfriedhof unter seiner Zusicht mehrere, bereits bestehende Gräber ausheben und sämtliche Leichen, die sich in der Burg befanden, dort begraben. Alle weiteren Spuren versanken im Meer, bis die Insel aussah, als wären die Ereignisse der vergangenen Tage niemals geschehen. In wenigen Wochen würden die Gräber wieder so bewachsen sein, wie man sie vorgefunden hatte, und niemand würde dort frische Leichen vermuten.

Ohnehin, da er die Insel nun offiziell erben würde, gab es niemanden, der ohne sein Einverständnis einen Fuß auf dieses Eiland setzen durfte.

Zu guter Letzt wartete das Finale. Nun brauchte er, mit der Erbschaftsurkunde in der Tasche und dem Kurzschwert bewaffnet, den Notar nur noch vor die Wahl zu stellen, erstochen zu werden oder sich freiwillig des

Lebens zu berauben.

In der späten Erkenntnis, dem Lord nur noch ein williger Helfer gewesen zu sein, um dann schließlich doch den anderen in den Tod zu folgen, entschied sich Byrkenes für den Freitod und stürzte sich von den Klippen, an deren Fuße das Meer seine Überreste forttrug.

Lord Colmsworth brauchte nun nur noch auf das reguläre Boot zu warten, das schließlich auch kam. Den vorletzten Akt des Finales bildete die Ermordung des Bootsmannes, der als letzter Zeuge hätte bestätigen können, neun Menschen auf die Insel gebracht zu haben, von denen er nur noch einen einzigen hatte abholen können. Auch seine Leiche verschwand in den Weiten des Nordmeeres, ohne jemals wieder gefunden worden zu sein.

Colmsworth steuerte schließlich im Dunkel der Nacht die nur dünn besiedelte Küste südlich von Haugesund an, um dort an Land zu gehen und das Boot zurück auf die See treiben zu lassen. Mit etwas Glück würde der nächste Sturm nicht mehr viel von ihm übrig lassen.

Der letzte Akt war der Gang zur NordBank in Oslo, wo er bereits im Vorhinein telegrafisch einen Termin hatte vereinbaren lassen.

So lief er als reicher englischer Edelmann aus der Bank heraus, mit einer großen Menge Gold und zwei Taschen, prall gefüllt mit Bargeld.

Wenig später war folgende Annonce in der „London Times" zu lesen:

Englischer Lord sucht ausgebildetes Fachpersonal:
- Butler
- Haushälterin
- Köchin
- Gärtner
- Chauffeur

Bei Interesse und ausgezeichneten Referenzen bitte vorsprechen, Chiffre 7355298.